JN176197

真田十勇士

①忍術使い

松尾清貴

理論社

真田十勇士 一

忍術使い

目次

主な登場人物

佐助（さすけ）　浅間山（あさまやま）近くの村の少年
真田昌幸（さなだまさゆき）　上田城主
真田信幸（のぶゆき）　昌幸の長男
真田幸村（ゆきむら）　昌幸の二男
穴山小助（あなやまこすけ）　真田家の家臣
霧隠才蔵（きりがくれさいぞう）　伊賀（いが）の忍（しの）び
望月六郎（もちづきろくろう）　甲賀（こうが）の若者
石川五右衛門（いしかわごえもん）　盗賊（とうぞく）

一

猿飛佐助、妖術使いに囚われる

逃げる？

そうだ、逃げている。

佐助は自分がなにをしているのか、不思議な思いに駆られた。

ボサボサに伸びた髪を振り乱し、枝から枝へ飛び移ってゆく。夜通しそうして、山林を駈け下りた。

人里離れた山奥で、どこの国かも分からない。

七歳で、化け物に囚われた。

十五歳になる今日まで、ずっと化け物に飼われた。

寒風吹きすさぶ夜だ。月のない、真っ暗闇の山の中だ。普段なら恐ろしくて小屋の外に出たいなんて思わなかっただろう。

枝を踏むたびに枯れ葉がひらり、ひらりと落ちる。

やっと、逃げられた。そう信じたくてたまらない。

震えが止まらないのは、山の寒さの所為ではなかった。捕まったときに訪れる報復が恐ろしいのだ。

咽喉が渇いても、小川に近付くのを避けた。雪解けしたばかりの季節なのに、汗が異常に垂れる。緊張と恐怖で心が折れそうになる。何度、後戻りしようと思ったことか。平謝りすれば、逃げたことを許してもらえるのではないかと、淡い期待が胸を過った。

「自由になるんだ。人間に戻るんだ」

心が折れそうになるたび、佐助は自分に言い聞かせた。

深山に道なんてなかった。

真新しい火傷の傷も、凍てつく冷気ですっかり麻痺していた。

ようやく峠道が見えたとき、それでも佐助は地面へ下りるのをためらった。見通しのよい場所に身を置くのが危険に感じられてならない。

木の上で立ちすくむと、これからどうすればよいか分からなくなる。せめて少し休もうと、幹に隠れるようにして凭れた。

夜が白んできた。

山際から広がる朝日に目が眩む。

その光が不吉だ。もうしばらく、闇に溶け込んでいたかった。せめて安全が確認できるまで。

「注意を、怠るな」

乱れた息遣いが、警告のように頭の中で鳴り響く。

めまい。

吐き気。

振り返りたい衝動を抑えて逃げてきた。肉眼で確認しても化け物相手では意味がない。あの化け物は、いつも突然目の前にいる。

目くらまし。

欺き。

嘘。

――忍びが姿を見せるのは、自分か相手のどちらかが死ぬときだ。

無愛想な老人はよくそう言った。

その化け物は、名を戸沢白雲斎という。

「遁甲術――」

白雲斎はよく通る声で言った。

「それが、忍びの基本にしてすべてだ。遁甲とは、己を消すこと。逃げること。欺くこと。敵をではない。自分を欺き、自分から逃げる。自分自身がいまここに在るというまやかしを掻き消し、世界に肉体を溶け込ませ、その偽りの姿を、この世から完全に消し去る」

佐助は、いつものように疲弊していた。化け物に痛めつけられた後だったから。化け物の言葉は、さっぱり意味がつかめない。いまさら、消えるもなにもないではないか。白雲斎に攫われてからずっと、佐助は消えたも同然なのだ。行方を探す者なんていない。この世にひとりきり。家族も村人も、みんな消えた。佐助にあるのは、自分だけだった。

そうか。きっと「死ね」と言っているんだ。

佐助は生唾を呑んだ。周囲に目を光らせ、どこから飛んでくるか分からないクナイを警戒した。

白雲斎は卑怯者だ。話をして油断させる。うっかり集中を切らせば、またたく間に隙を突く。佐助はいっそう警戒した。

しかし、相手との距離は当てにならないのだ。白雲斎が、本当にあそこにいるとは限らない。

くそったれの妖術使いめ！

「槍や弓矢と同じように考えるな。武芸は、心身を鍛える。自分自身への信頼が、敵と向かい合うときの覚悟を固める。武芸は敵を殺す技術だ。だが、忍びの術は、それらと正反対だ。忍びは敵を殺さぬ。敵を殺す忍びは、しょせん二流だ。一流の忍びは、敵と出会うことすらない。ホンモノの忍びは敵ではなく、自分を殺す」

「黙れ！　黙れ黙れ黙れ！」

「忍びに太刀は必要ない。忍び刀は、自害用の脇差しひとつで十分だ。脇差しは常に、お前の心の臓へ切っ先を向けている。お前はこの世にいない。わしはこの世にいない」

佐助はイライラしてくる。集中力が切れたのだ。だから隙を突かれるのを怖れて、先に動いた。右手に石を握りしめ、真っ向から攻め立てた。

そんな恐怖と焦りからの攻撃が、化け物に通じるはずなかった。


朝日を避けるように木陰に凭れると、火傷の痛みがぶり返す。ようやく痛みが佐助に気付いたのだろう。懐から塗り薬を取り出し、浴びるように塗り付けた。どこもかしこも火ぶくれができていた。

「白雲斎にも、少しは痛手を与えたはずだ」

昨夜の血戦を思い起こした。

「このまま、逃げていいのか？　いま、白雲斎ときっぱり決着を付けておくべきじゃないのか。確実に殺しておかないと、俺は生涯、その影に怯え続けるんじゃないか。逃げても解決にはならん。回復した白雲斎が、いつまた捕まえにくるか分からん。俺は二度と安心して眠れず、昼も夜もあいつの影に怯え続けることになる。生きている限り、ずっと――」

朝日が佐助の目を刺した。佐助は日の光を避けるように俯き、自分の両手をじっと見つめた。

「いや――」

高ぶる心を落ち着かせようと、佐助は大きく深呼吸した。酒と油の交じった悪臭がツンと鼻をついた。

「――俺はまだなにも分かっていない。逃げるとは、どういう意味だ。忍びの術は逃げることだと、白雲斎は言った。この期に及んで、まだ白雲斎に惑わされる。あいつが言ったように、敵を殺すんじゃなく、俺自身を完全に殺さねば、白雲斎の呪いは消えないのか。……決着を付けるだと？　なにをバカなことを考えてるんだ。相手になるはずもないし、仮に万が一、俺が白雲斎を殺したと信じても、あの化け物が本当に死んだかどうかなんて分かりゃしない」

奇々怪々な遁甲術だった。それを八年間、繰り返し目のあたりにしてきた。そして術を目撃するたび、その犠牲となったのだ。

八年前のあの夜は忘れない。

信濃と上野の国境にある村だった。浅間山の麓にある村の名主家に、佐助は生まれた。

「俺は武芸者になるんだ。百姓にはならねえぞ」

兄たちがいたから、佐助に譲られる田畠はなかった。村に残っても、一生兄の世話になり、結婚もできない。「居候は肩身が狭い」と、いつも叔父さんが愚痴った。

そんな生き方はイヤだった。

――天正十年二月十四日の日暮れどきだった。

賊が村を襲った。男手のほとんどが武田方の足軽として出稼ぎに出て、不在だった。佐助の父や叔父、兄たちも留守で、名主の家に残った男は祖父と佐助だけだった。

賊は、信濃国に攻め込んだ織田か徳川の足軽どもだったらしい。手にした槍を振り回しながら、村へ踏み入ってきた。

武田と織田徳川連合との戦は、しばらく膠着していた。警戒を緩めて日常生活を営んでいた百姓たちを、突然、災厄が襲った。

足軽たちは、真っ先に名主屋敷を襲撃した。戦続きで贅沢など望むべくもなかったのに、わずかな家財を容赦なく盗んだ。余所者の足軽は、人をもさらう略奪者だ。女子供を隠さねばと、祖父が家の者を奥へと追いやった。

土足で踏み込んだ賊は、戸や襖まで奪った。それから、もっとめぼしいものがないかと槍の穂先で乱暴に物色し始めた。

せめて足止めになればと、祖父は屋敷の奥へ進もうとする賊の前へ進み出た。

「なんでも好きに持っていけ。狼藉はやめなされ」

たちまち、足軽は祖父に襲いかかった。無防備だった祖父はなす術なく、槍の餌食となった。暴力を止めるには暴力で応じるしかないのだ。外から、村の若い衆の雄叫びが聞こえた。

佐助は隠していた刀を取りに走った。

「やめなさい。佐助！　じっとしていなさい」

母の声を背後で聞いたが、佐助は我慢できなかった。隠れているなんてできるわけない。怒りに突き動かされ、刀を握ると屋敷を飛び出した。

武芸者になりたかった。百姓で終わるつもりはなかった。腕っぷしでのし上がり、殿様に働きを認められて領地をもらうのが、佐助の夢だった。

佐助は、村の浪人に稽古をつけてもらっていた。村を守るために雇われていた浪人だ。気のいい男だったから、家族は佐助の武芸ごっこを大目に見てきた。佐助はその浪人の家へ向かう途中に、村外れへと一目散に逃げてゆく彼の後ろ姿を見かけた。戦うべきときがきたのに、浪人は戦いもせず逃げたのだ。

怒りが激しさを増した。佐助は浪人を追わず、ひとりで村を駆け回って、祖父を殺した足軽を探した。そいつを見付けると、ありったけの勇気を振り絞って、腹の底から声を張り上げ、重い刀を引きずりながら駈けた。

足軽と言っても、どこかの村の百姓だった。春がくれば田を耕し、秋には稲を収穫する。佐助の村となにも変わらない、どこかの村の百姓たちだ。そんな百姓が収穫を終えた後、戦に出て金を稼ぐ。稼ぐと言っても、殿様から給料が出るわけではない。自分たちの力で稼ぐのだ。

そう。こんなふうに略奪して。

侵略した領地の村を好き勝手に荒らす。褒美を出さない代わりに、大名は略奪を許したから、百姓は進んで戦に参加した。余所の村の百姓を襲うのは、決まって百姓たちなのだ。

きっと父や叔父や兄たちも、他村を襲って盗んだ金を持って帰るのだ。

「待ってろよ、佐助。たんまり稼いで、いいもの食わしてやるぞ」

出掛けに、父が優しく言った。優しい父、少しぼんやりした叔父、いつも偉そうだった兄、それらの顔が突然、汚らしく歪んだ笑いを浮かべる賊の表情と重なった。彼らの槍が祖父の身体をメッタ刺しにした。

佐助の刀は、足軽の槍の柄に弾かれた。その柄で佐助はしたたか殴られた。硬い田んぼに倒れ込んだ佐助を、血の臭いのする足軽の手がつかんだ。

「おーい。小僧を盗ったぞ。奴隷商人は近くにおったかの」

暗い夜だった。耳障りな濁声ばかりが聞こえる。血飛沫を浴びた足軽が、興奮して狂ったように笑う。小脇に抱えられた佐助はその腕を振りほどこうとしたが、敵わなかった。

　そのときだ。

　突然、耳を引き裂くような轟音が響き渡って、大地が揺れた。足軽は佐助を取り落とし、自分も尻餅をついた。

　這うようにして逃げる佐助を、怒鳴り声が追ってきた。

　だが、その怒声を掻き消す轟音が響いている。

　佐助は襟首をつかまれた。悲鳴を上げて振り返ると、足軽も振り返っていた。

　浅間山が、光輝いていた。夜の闇に包まれていた村を、赤い光が白昼のように照らした。

　山が、激しい火柱を吹き上げていたのだ。

　噴火で弾け飛んだ岩石が、次々と天から降り注ぐ。佐助の目の前で、岩に当たって足軽の頭が飛んだ。頭をなくした人間が、佐助を覆うように倒れ込んだ。

　地獄の釜が開いたのだ。佐助は身を隠そうと死体の下で縮こまった。

　村に災厄をもたらした不届き者をあざ笑うように、それとも他村で略奪しながら自分の村が襲われるのは理不尽だと嘆く百姓をあざ笑うように、自然の猛威は、村人も足軽も関係なく、すべてを皆殺しにし始めた。

佐助は血の臭いを嗅ぎたくなくて鼻を押さえ、そうしてそっと目を上げた。

見覚えのない白髪白髭、白装束の老人が立っていた。

「……だれ？」

怒号を上げて足軽が走ってきた。退路を切り開こうとするように、せめてそんな仕草さえしていれば逃げられると言わんばかりに、無意味に刀を振り回しながら、降り注ぐ火山岩に構わず走ってきた。

「死ね！　死ね、死ね死ね！」

足軽は呪った。目に付くすべてを切り裂こうとする、狂いようだった。

老人は、まったく慌てなかった。だらりと下げていた右の手首を、ひょい、とほんの少し、跳ね上げただけだった。

足軽は勢いに任せて走り去り、あらぬ場所で足をもつれさせて倒れた。その咽喉に、クナイが刺さっていた。

老人は殺した足軽に目も向けず、つかつかと佐助の側へ歩み寄った。

「助けて！」と、佐助は叫んだ。

炎を上げ続ける浅間山の、この世のものとは思えない轟音に掻き消され、佐助の声はどこにも届かない。佐助自身の頭の中でだけ、か細い懇願の泣き声はぐるぐると旋回した。

家々が燃える。飛び交う岩が人間を潰す。聞こえない悲鳴。ひび割れる大地。土砂崩れが起きて、村が別のなにかに作り替えられようとしているようだ。

老人は死体の下から佐助を引き出した。

そして、佐助を抱えて村を出た。佐助は騒がしい人間世界の外へ出てゆくような気持ちだった。

戸沢白雲斎は笑わない。

楽しいのか、憎いのか、まるで分からない。その瞳になにが映っているのか、佐助には分からない。

佐助は浅間山の噴火を思い出す。最初は人の強欲に対する山の神の怒りだと絶望した。打ち続く戦乱にかまけて、神様を祀ることを怠った人間への怒りだったのだと思った。

そう信じられたほうが、楽だっただろう。

だが山は人間になんの興味もなく、自らの生命活動を行うに過ぎない。その結果、村がひとつ消えても、山にはやはり興味はない。

正しい筋道が狂って、別世界に迷い込んだようだった。

白雲斎に連れてこられた山奥の小屋は、みすぼらしい。家族を亡くしたことも、村が滅んだことも、賊の狼藉も、合戦の行方も、なにもかも、自分とは関係のない世界の出来事のようだ。いままで生きてきた世界が、簡単に消えた。白雲斎はすぐにいなくなったから、佐助はひとりぼっちだった。

浅間山に怒りがないように、白雲斎の佐助に対する扱いにも人間らしい感情はなかった。

朝がくると、佐助は命の恩人に小屋から連れ出された。木々の影が広がる小屋表の空地に出ると、佐助は言った。

「助けてくれてありがとう」

「これから、お前を殺す」間髪入れず、老人は言った。「殺されたくなければ、逃げるがいい」

せせこましい人の知恵で説明が付くほど、この世界は優しくない。

老人は手にしたクナイで、佐助の肩を刺した。

わけが分からなかった。佐助は泣きながら走った。どうしてこんなことをするのか、どうしてこんな目に遭うのか、なにも分からないまま、ただ痛くて、恐くて、山の中を必死で逃げた。

「なんで？　助けてくれたのに。助けてくれたのに」

必死に逃げる佐助の目の前に、白雲斎が現れた。森の中だった。木に囲まれて逃げ場がなかった。佐助はあっけなく捕まった。

小屋へ放り込まれる。傷の手当てを受ける。小屋には、粥が置いてある。白雲斎はいなくなった。

　そしてまた朝がくると、白雲斎が「逃げろ」と言った。逃げれば、捕まえにきた。捕まえれば、痛めつけた。小屋に運ばれ、傷の手当てを受けた。また朝がきて、「逃げねば、殺す」と、白雲斎は言った。

　地獄は終わらない。終わらないから地獄なのだ。

　食事は、一日二回、必ず軒先に置かれた。刻んだ野草やほぐした焼き魚を混ぜ込んだ粥だった。

　十分に太らせて喰うつもりか。と、幼かった佐助は粥を食うかどうか悩んだ。

　時間はたくさんあった。佐助が寝起きする小屋に、白雲斎が来ることはなかったからだ。だから、佐助は白雲斎がやって来ない間に、逃げ出した。

　しかし白雲斎はどこからともなく現れて、佐助を痛めつけた。

　だんだん白雲斎の攻撃は激しさを増し、佐助は気を失うようになった。夢の中でさえ、化け物の妖術に打ちのめされた。

　目が醒めると、小屋にひとりだった。不気味なのは、受けた傷だけはしっかり手当てがしてあることだった。

「猫はネズミを捕まえても、すぐに殺さない。逃げようとすると痛めつけて、また逃げようとするのを待つ。いつでも逃げられそうだと思う馬鹿なネズミは何度も猫に痛めつけられることになる。俺はネズミで、白雲斎の遊びの駒になったんだ。もう、この山から出られない。もう、痛いのはイヤだ」

逃げれば、捕まる。捕まれば、痛めつけられる。佐助はすぐに悟った。

だから老人に出会さないように小屋に潜み、なにもしなくなった。

ある日、目が醒めたとき、小屋の隅に山のように積まれた巻物があるのに気付いた。佐助は文字を読むのが好きだった。祖父や神主から文字を習っていた。

「坊主にでもなるつもりか」と、父がよく呆れたように言った。

「武士になる」と佐助が答えると、父は必ず本気にしないで笑った。「佐助が文字を読めるから、我が家も安泰だな」

思い出に浸るうちに、佐助は涙ぐんだ。土地は歪み、田畠も家もなくなった。土砂に呑み込まれて、岩だらけになって、「我が家」もなくなった。逃げろ、と言われても、佐助には帰る場所がなかった。

だけど、文字だけはどこにいても同じだった。失った故郷とのわずかな繋がりに思えた。人間との繋がりだ。内容はなんでも構わなかった。ただ人間らしいきちんと筋道の通った世界に戻りたい一心で、巻物を紐解いた。

しかし最初に目に入ったのは、文字ではなかった。

紙の上下いっぱいまで大きく描かれた、五芒星だった。

「星?」

佐助はぼんやり呟いた。五つの点を一筆書きで星形に結んでいる。それぞれの点の脇に、文字が見えた。手にした巻紙を顔に近付けた。

火、という字があった。

たちまち脳裡に大噴火が渦巻き、今もその場にいるように感じて悲鳴を上げた。自分の居場所を見失い、腹の底から煮えたぎる熱を感じた。腹の底に火山が入り込んで、絶えず噴火を繰り返すようだった。

熱くて、たまらなかった。巻物を放り出し、床をのたうちまわった。巻紙はスルスルと広がって、やがて芯が壁に当たった。

佐助は上体を起こし、床に敷かれた巻物に近付いた。呪いが籠められた五芒星を目に入れないように注意し、延々と続く文字のほうへ目を凝らした。

――陰陽五行説、とあった。

木・火・土・金・水の五種類の自然の源があり、その五原素が影響し合って世界を成り立たせる。その仕組みの解説だった。陰陽道の基礎知識だ。

文字を追ううちに冷静さを取り戻し、佐助は勇気を振り絞って、冒頭の五芒星の図を覗き込んだ。

顔を上げ、スッと宙に右手を掲げた。指先で斜めに線を引いた。巻物にあるのと同じ一筆書きの要領で、五つの点を結んで星形を辿った。何度もそうして同じ形をなぞると、不思議と気持ちが落ち着いた。

佐助は憑かれたように、他の巻物も紐解いた。時間の経つのも忘れ、いつ白雲斎が現れるのかも分からないのに、そんな心配さえすっかり忘れて、巻物に書かれた文字を丁寧に読み取っていった。

理解できたかどうかは、問題ではない。いまの過酷な現実、この現実離れした現実から逃げたくて、少なくとも合理的な説明が施された秩序のある文字世界に没頭していたかったのだ。

白雲斎が背後に立っていることに、気付かなかった。

背筋を丸め、まったくの無防備で文字に目を落とす佐助の首筋に、白雲斎は鋭く尖ったクナイを突き立てた。

死を経験する。

そんなことは、あり得ない。人は、決して自分の死を知ることはない。だからこそ、死は禁忌だった。すべての人間に平等に訪れる絶対の真実なのに、それがなんなのか理解できる人間はいない。

何度も見た光景が、夢の中で繰り返された。

印。

巻物には、易の八卦から着想したらしい組み合わせが図式化してあった。精神を集中させるまじないのようなものだと、佐助は思った。夢の中で、白雲斎が両手の指先を素早く、また複雑にからませた。巻物にあった印と同じ形だった。

妖術の正体だ、と佐助は夢の中で思った。

もう一度、確認したかった。もう一度、巻物を紐解いてちゃんと読み返せば、白雲斎を出し抜く方法が分かるかもしれなかった。

しかし目を醒ますと、巻物は消えていた。佐助は傷の手当てが施された身を引きずって、外へ出た。小屋前の空地が黒ずんでいた。なにかを燃やしたのだ。

この世との繋がりが消え失せたようなむなしさに襲われた。

「白雲斎は、ぜんぶ奪ってゆく」佐助は膝から崩れ落ちた。「俺はなにも持ってなかった。なにも持ってないから、巻物を与えて、それを奪った」

白雲斎への憎しみが初めて芽生えたのは、たぶん、このときだ。

憎しみを糧に立ち上がり、佐助は燃えかすを漁った。

思わぬ発見をした。一巻だけ、巻かれたままの形で残っていたのだ。きっと他の巻物の下に隠れて火が燃え移らなかったのだ。

開くと、大きく描かれた五芒星の図が出てきた。小屋で最初に手に取った巻物だった。

佐助は慌てて懐に突っ込んだ。そして、これだけは奪われないように肌身離さず持ち続けた。


あるとき、病に冒された。佐助の心身はとっくに限界だった。まだ親元で育てられる年頃だったのだから。

高熱にうなされ通しだった。

人っ子ひとり通らない。助けてくれる人はない。山奥の侘しい小屋に、佐助はいつまでもひとりぼっちだ。出会う相手と言えば、憎むべき白雲斎だけだ。

薄汚れた干し藁に小さな肉体を埋めて、佐助は昼も夜もなく呻き続けた。

案の定、卑怯者の白雲斎は寝込みを襲った。佐助の身体は、まったく言うことを利かず、逃げようもなかった。

「痛いのはイヤだ、ひと思いに――」

そう頼もうとして、咽喉が詰まった。白雲斎が咽喉を絞めたのだろうと、佐助は他人事のように思った。それから、眠るように気を失った。

寝込んでいる間、必ず日に二度、白雲斎の襲撃を受けた。最初は咽喉を絞められていると思ったが、白雲斎はもっと狡猾なやり方で身動きできない佐助を苦しめた。口に異物を押し込んでいるのだ。佐助は抵抗できず、異物はムリヤリ押し込まれた。苦い味のするなにかをムリヤリ嚥下させられた。

毒か、と佐助は思った。白雲斎は動かない俺に飽き飽きして、じわじわとなぶり殺すことにしたんだ、と朦朧とした意識で思った。

数日が経ち、起き上がれるようになった。真っ先に近くの川へと駈けた。いまさらながら真水で咽喉の奥まで洗おうとし、気休めにもならないと気付いてやめた。だけど、小川の水は冷たくて美味しかった。

その日、白雲斎は現れなかった。晴れ晴れした気分で、佐助は森の中を駈け回った。

普段、白雲斎がどこにいるのか、佐助は知らない。だからと言って、探そうとは思わなかった。どんな理由であれ、わざわざ化け物に会いに行くなんてバカげていた。白雲斎のいない場所は、どこであれ楽園だった。

だが、楽園は存在しない。

白雲斎はしつこく佐助を襲った。

「逃げねば、死ぬぞ」

冷たい口調で、化け物は脅し続けた。

そんな山暮らしも二年、三年と過ぎると、最初はまるで魔法に見えた白雲斎の動きを、ときどきは目で追えるようになった。見るのに必死になる所為で殴られる回数が増えたが、どこから攻撃してくるかの予測くらいは立つようになった。殴られると気付いてから、殴られる。やっぱり殴られた、と佐助は殴られた後に思ったが、そんなとき少しだけ満足していた。

しかし、雨の日は別だ。まったく太刀打ちできない昔に逆戻りする。雨で視界が塞がれると、どこにいるのかさえ分からない。

「なんで見えない。クソ！」

腹立ちまぎれに上げた罵声は、白雲斎への罵りでなく、自分の無力に対する怒りだった。自暴自棄。投げやり。積み上げてきたささやかな成果さえムダになった虚しさに、泣きたくなる。

「水と同化し、姿を隠す。これを水遁という。水は火に勝つ。五行相克の理だ」

「俺は化け物じゃない！　わけの分からんことを言うな！」

白雲斎の説教など聞きたくなかった。佐助は雨に打たれてひざまずき、やはり雨中に佇む白雲斎を睨みつけた。

その顔が少し淋しげに見えたのは、きっと雨が及ぼした錯覚に違いない。

佐助は舌打ちして立ち上がったが、身構えなかった。敵に背を向け、小屋に向かって歩き出した。

「覚えておけ」

雨音に掻き消されそうな声が、遠くから聞こえた。背を向ければ襲ってくると思ったのに、拍子抜けした。

「お前が生き延びたのは、わしが拾ったからだ。お前をどうしようとわしの勝手だ。お前は拾われた犬だ。負け犬の遠吠えほど、聞くに堪えぬものはない」

「尻尾を振って餌をねだれと言うのか！」佐助は雨に打たれる地面を睨み、大声で怒鳴った。「無駄な抵抗をせず、切られ、殴られ、殺されていればいいと言うのか！」

そして軒先にあった粥の椀を蹴り飛ばして、小屋に入った。

白雲斎は引き止めなかった。追ってもこなかった。見逃されたのは、初めてだった。

「ふざけやがって！」

小屋に入ると、佐助は壁を蹴飛ばした。白雲斎の分別臭い態度が、なにより気に食わなかった。怒鳴り散らして、さんざん壁を殴った。

「なにをしたって、どうせムダだ」

濡れたまま、干し藁に身を投げ出した。ひどく疲れた。身体だけでなく心が疲弊していた。なにをやっているのか、まるで分からなくなった。

「化け物に媚を売ってどうなるってんだ。痛い目に遭うだけじゃないか。一日長く生きれば、痛い目に遭う日が一日増えるだけだ。こんなことなら野垂れ死にしたほうがマシだった。飼い犬より野良犬のほうがまだマシだ。そのほうがまだ、人間らしい」

佐助は干し藁に沈み込んでゆく。

「このまま、死んでしまおうか」

それきり、動かないことにした。腹が減っても、粥を取りに行かなかった。白雲斎も襲ってこなかった。

そうして、幾晩かが経った。

腹の虫がグウとも泣かなくなり、佐助は起き上がれなくなった。ずっと寝てばかりだったからすぐに気付かなかったが、金縛りにあっていた。

目が醒めたときに、枕元にいた白雲斎と目が合った。たぶん、そのとき妖術を掛けられたのだろう。

「……やっと、来た」

佐助は笑いそうになった。化け物の目にはどんな感情もない。ついに犬のように殺されると、観念した。

しかし、佐助は、白雲斎が手にしているものを見てギョッとした。

化け物は、粥の椀を持っているのだ。そして、動けない佐助の口をムリにこじ開けて、粥を流し込み始めた。

そんなものは要らない。もういいんだ、この世に未練なんてないんだ！

そう叫びたくても、注ぎ込まれる粥の所為で口が利けない。

これは本当に白雲斎なのか？　佐助は戸惑った。なぜ俺を生かそうとするんだ？

佐助は化け物の姿を確かめようと眼を動かした。

不意に、小屋の戸口に白雲斎が立っているのに気付いた。粥を食わせているのも、やはり白雲斎だった。さらに別の白雲斎が、佐助の足を押さえ付けていた。

佐助の全身に、悪寒が走った。

叫びたかった。衝動に身を任せたかった。死ぬだの生きるだのが、すっかりバカげたことに思われた。あまりに不可思議な現象に遭遇し、この世の理がグラグラと壊れてゆく不安定さの前には、ありきたりな生死がどこかへ弾き飛ばされたように思えた。

何人、いる？

俺は狂った、と佐助は思った。

「ひとりも居らん。お前が勝手に喚いているだけだ」

白雲斎は、絶対に佐助の自由を許さない。

死ぬことさえ、許さなかった。

遁甲の術。佐助には妖術としか思えなかった。

どこからともなく現れる白雲斎を避ける方法はない。

とにかく捕まらないように動き続けるしかなかった。身を隠し続けるなら、木の上が最もよい。

次第に、佐助の木登りは上達した。村にいたときから、木登りは得意だった。最初は枝に手を伸ばして身を持ち上げたが、やがて幹のわずかなくぼみに指先を掛け、するするよじ上れるようになった。それでも、木登りの無防備な姿をさらせば、たちまち白雲斎に襲われる。木の上まで辿り着けず、地面に引き摺り下ろされた。

多くの失敗を繰り返し、幹にしがみつくのでなく、常に半身の姿勢で背後や周囲に気を配りながら、くぼみにぶら下がるようにして登れるようになった。

どれだけ木登りが上手くても、樹上に隠れ続けるのは最悪の選択だ。白雲斎は目敏く隠れ場所を見付け、潜む佐助を木の上から突き落とそうとする。転落すれば、命に関わる。だから登った以上は、止まることなく枝から枝へ、木から木へと、飛び移ってゆかねばならない。

息つく暇はなかった。飛び移る瞬間を狙って、正面から襲われることもある。クナイも容赦なく飛んできた。飛び移ることばかりに集中してはいられない。できるだけ身を低くし、標的となる面積を減らすように心掛けた。

佐助は、枝に指先や足を掛けることで、迅速に上下へ移動する技を身につけた。樹上で自在に身体を操れるようになるまでに、何度殺されかけたことだろうか。

もともと、佐助は身軽だった。小柄ですばしっこかった。

クナイを投げる瞬間、ほんの一瞬だが、白雲斎が無防備になる。その隙に気付いた佐助は、懐に石ころを忍ばせておくことにした。ただの石では効果が薄い。白雲斎が放ったクナイを拾い、それを研ぎ石にして、石の先端を鋭く尖らせた。これが毎夜の日課になった。そうやって、お手製のクナイを溜め込んだ。

罠を仕掛けることも思いついた。いつ襲撃されるかは分からないが、少なくとも、襲ってくることだけは確実だ。だから佐助は、自分の行動範囲に迎撃の準備をこしらえた。

小屋近くに落とし穴を掘ったり、木の枝に切り込みを入れたりした。落とし穴は、おとりだ。こんな見え見えの仕掛けに嵌まる白雲斎ではない。枝の仕込みのほうが効果的に思えた。佐助が樹上を飛び移れば、白雲斎も同じように樹上へ移動する。自分の逃走経路と白雲斎の追跡経路を綿密に計算し、どの枝に切り込みを入れるか入念に選択した。その情報を集める機会は毎日あった。佐助は一度敗れるたび、対抗策の材料をひとつ得た。ムダな負けはひとつもなかった。

ムダというなら、白雲斎のしつこさこそムダだった。

さんざん痛めつけては小屋に運んで介抱し、回復すると、また襲って痛めつけて、手当てする。この理不尽な行動に腹を立て通しだった佐助だが、だんだんどうでもよくなった。どうせ化け物だからなにも考えてやしないのだ、と呆れるようになった。

学ぶ機会は、いくらでもある。そう気付いてから、白雲斎の攻撃を回避する対策に励んだ。ときどきは、白雲斎を諦めさせることに成功した。そんなとき、佐助は有頂天になった。軒先に置かれた粥さえ、戦利品のように思えた。

ある日を境に、その粥に鳥や獣の肉が混じるようになった。

「ははあ。俺を太らせて、重くさせようって腹だな」

その白雲斎の目論見を見抜くと、さすがに佐助も危ぶんだ。佐助が思いのほかすばしっこくなり、白雲斎も簡単に捕まえられなくなっていた。唯一、白雲斎に勝るところがあるとすれば、身軽さだった。

「化け物らしい浅知恵だ。俺はこんなもの食わんぞ」

それでも、腹は減る。肉汁の染み込んだ粥は食欲をそそった。グウグウと腹の虫が泣き出し、佐助は抵抗できなかった。少しだけ、と思いながら、結局いつも残さず食った。

　肉を食べるようになると、育ち盛りの肉体はますます逞しくなった。白雲斎の目論見が外れていくのは痛快だ。俊敏さは、身体の成長に伴って上昇したからだ。もうくぼみに指先を掛けもせず、足の爪先のみで木を駆け上れるようになった。これなら両手が自由に使えるから、白雲斎の攻撃を防げるようになったばかりか、お手製クナイで迎撃できるようになった。

　移動しながら周りに注意を払えるようになると、どんなときに襲われるか、少しずつ予測できるようになった。白雲斎に襲われるとき、自分では気付かなかった無防備状態にあると知って、そんなときほど、怠りなく注意を払うように気を付けた。

　そんなあるとき——。

　ついに、白雲斎は追うのをやめた。小屋前の空地に佇んで、樹上の佐助に向かって怒鳴り声を上げた。

「小僧、隠れていないで降りてこい！」

これには、佐助も面喰らった。誰が降りてゆくかと潜み続けたが、よくよく考えてみれば好機だった。一方的に襲われるから不利だったのだ。一騎打ちのように正面から向かい合えるなら、攻撃の機会は大幅に増える。

佐助は空地に降り、白雲斎と向かい合った。しかし、もちろん無策ではまったく敵わなかった。

昔、白雲斎に巻物を燃やされたことがあったのを思い出した。

佐助は小屋前の空地に、浅い穴を幾つも掘った。落とし穴ではない。その穴に火種のある炭を置き、灰を被せて寝かした。そして燃えやすい枯れ葉を集め、穴の周りに広げておいた。

真っ向勝負では勝ち目はない。しかし、白雲斎が毎日佐助を打ち負かし続けても、佐助はたった一度の勝ちを拾えばいいのだ。白雲斎は頭がおかしい猫で、捕らえたネズミをいつまでも弄び続けようとする。生かし続けたことをいずれ後悔させてやると、佐助は誓う。

入念に前準備をして挑んだ日、戦いを前に佐助は灰を避けると、寝かしておいた炭を仰いで火を起こし、枯れ葉を被せた。白雲斎が現れたときには、辺り一面にもうもうと煙が立ちこめていた。

バサバサと山鳥が一斉に飛び立ったとき、佐助は煙に溶け込んでいた。身を低くして駆け回って攪乱に努めた。

白雲斎の背を捉え、固く握ったクナイをその首筋へ振り下ろした。

そのとき——。

佐助のほうが背後からの足払いを喰らい、前のめりに倒れ込んだ。

ほとんど同時に、今度は正面から顎を蹴り上げられた。

あり得ない移動速度だ。

痛みより不可解さに、めまいがした。

佐助は縮こまろうとする腕をムリヤリ伸ばして地面に左手をつき、同時に足を蹴り上げて逆立ちになると、右手のクナイを後ろにいる白雲斎に向かって投げた。そのまま前方へ宙返りして間合いを取る。

着地の瞬間、一気に間合いを詰めた白雲斎の蹴りに足を払われ、尻餅をつきかけた。サッと後方に伸ばした両手を地面につき、その反動で、後方宙返りを二度三度と繰り返して、用心深くさっきよりも長い距離を取った。

相手の間合いの外に出た佐助は、片膝を突いて呼吸を整え直した。煙を吸い込みすぎたのだ。きれいな空気を深く吸い込み、さあもう一度挑もうとした、そのときだった。

佐助は愕然として、詰めた息を漏らした。

煙越しに、白雲斎がふたり見えた。ふたりの白雲斎が並んで立っていた。

「分身――?」

この秘術は、巻物のどれかで見た覚えがある。

不意に、昔見た幻を思い出した。

何年も前のことだった。飢え死にを覚悟して衰弱した佐助の目に、数人の白雲斎が小屋のあちこちにいたように見えた。あのときは、空腹の所為で頭が朦朧として幻覚を見たのだと思っていた。

「――痛ッ」

刹那、佐助は強烈な違和感を覚えて、脇腹に触れた。掌に湿った感触があった。

ぬめるような液体は、熱を帯びていた。

血。

なぜ、血が？　という疑いが先に立った。顔を上げた。やはりふたりの白雲斎が煙の中にいた。身動きしないふたりは、じっと佐助を見つめている。

「遁甲は、逃亡のための術だ」

ふたりの白雲斎が、まったく感情のこもらない態度で口を揃えた。

「隠れることと現れることは裏表だ」

佐助のすぐ背後にいたもうひとりの白雲斎が、血に染まったクナイを握っていた。

目くらまし。

惑わし。

欺き。

脇腹の激痛がじんわり佐助を苦しめた。幾つもの言葉が脳裡に去来したが、佐助が実感している現実離れした現実の説明をつけてくれなかった。

「この、妖術使い！」

佐助は掠れ声をしぼり出し、毒々しく吐き捨てた。悪態を口にするのは、敗北を受け入れたに等しい。罵声を浴びせるしかない無力さは、自分自身への呪詛だ。自分自身を地の底にまで突き落としてしまう、あきらめの言葉だ。

「妖術ではない」

三人の白雲斎が、地に伏した佐助をとり囲んだ。三人は口を揃えて、蔑むように言った。

「これは、遁甲術だ――」

三人の白雲斎は佐助の手足を抑えた。そして、それぞれ手にしたクナイで佐助の全身を切り刻み始めた。

「――あああああぁぁぁぁぁぁツッツ！」

痛みに堪えかねて、目を覚ました。

小屋の天井が目に入った。悲鳴といっしょに振り回した両手が干し藁に触れた。

藁屑が宙を舞っていた。

　いつもの小屋だった。

白雲斎にめった刺しされ、今度こそ落命したとあきらめたのに、佐助はまた同じ小屋にいた。手当てされて、干し藁の上に横たわっている。

　どこからが夢で、どこまでが現実だったのか。

　とても夢とは思えなかった。現に、佐助の脇腹にはクナイで刺された傷が残っていた。傷口は糸で縫い留められ、周囲の皮膚が炎症を起こしていた。

　脇腹を手で押さえ、激痛を押して立ち上がった。じっとしていては白雲斎に襲われる。よろよろしながら、小屋を出た。

　またしても、夜だった。

　軒先に、いつもと同じように粥が置いてあった。

　その椀をじっと見下ろすうちに、佐助は自分の愚かさを悟った。

　小屋も食事も、白雲斎から与えられたものだった。

　最初から甘えていたのだ。白雲斎は、佐助を山奥に閉じ込めて飼っている、憎むべき敵だ。逃がさないように妖術で監視し、叩きのめして力量差を見せつけ、佐助の意志を根こそぎ奪って、人間の自由を奪った。

それなのに、佐助はのうのうと与えられた小屋で眠り、手当てを受け、与えられた飯を喰ってきた。そうされることを当たり前のように感じ、疑いもせず施しを受け続けた。

「俺は大バカだ。ぜんぜん、覚悟が足りてないじゃないか！」

何度となく、白雲斎に殺された。それは実感として、佐助を襲った。夢であれ、幻であれ、紛れもない現実として自覚された。やがて佐助は、自分が生きているのか死んでいるのか分からなくなった。自分の身がいまこの場で動くのが不思議でさえあった。これを自分の身体と信じる気持ちと、実際の身体そのものとが奇妙にかけ離れ、二度とひとつになることがないように思えた。佐助はそれが恐かった。

満月が、冷たい夜を照らす。月光に熱はないから、夜を暖めてはくれない。冷淡な月に向かって、佐助は問いかけた。

「俺は、本当に俺なのか？」

「お前がお前である理由は、どこにもない」

突然、白雲斎に背後を取られた。

反射的に、近くの木へ飛び移った。腕を伸ばして枝をつかみ、身体を持ち上げると宙返りして頭上の枝へ飛び移った。

「忍びに身体は不要だ。身体に囚われた忍びは、忍びではない」

白雲斎はしつこく耳元に張り付いた。こんなにぴったりつきまとわれたことはなかった。佐助は木から木へ飛び移りながら、激しい絶望感に襲われた。

素早さだけは白雲斎に勝っている――そう思い込むことで、佐助は自信をつけてきた。

そんなはず、なかったのだ。

佐助を泳がせていただけだ。いつでも簡単に捕えて、打ちのめすことができたのに。それなのに、佐助は愚かにも、白雲斎を出し抜いた気になって慢心していた。

逃げながら、懐に手を入れた。クナイふたつと、ずっと肌身外さず携えていた巻物を取り出した。陰陽五行の五芒星が描かれたあの巻物だ。人間との最後の繫がりだと、長い間、大事にしてきた巻物を口にくわえて、佐助はためらわずに紐解いた。そして身体を旋回させながら、広がってゆく紙を身体に巻き付けると、両手にひとつずつ握ったクナイを擦り合わせ、発火した。小さな火花が巻物に火をともし、と思うと、轟！　と音を立てて燃えさかる炎にたちまち佐助の全身は包まれた。

白雲斎が燃え上がる巻物をクナイで切り裂くが、その中にあるはずの佐助の身体は、すでになかった。

——火遁。

佐助は炎に包まれる直前に枝から落下し、別の木へと移っていた。

火炎の扱いは、性にあった。

火山の噴火は佐助からすべてを奪い、佐助の命を救った。噴火が賊を倒さなかったら、どうなっていただろう。

「本当はあのときに死んだのかもしれん」

そんな疑いを、佐助はずっと抱えてきた。

どうして生きているのか。本当に生きているのか。それどころか、生きているとはどんな状況なのか、佐助には分からないままだ。

用心の上に用心を重ねて、小屋へ戻った。床下に蓄えたお手製クナイだけは持っていこうと思ったのだ。

「あ――」

小屋に入ると、驚いて声を洩らした。

ずっと昔に燃やされたはずの巻物が、壁際に積んであった。元の通りだ。佐助はその巻物をすべて抱え、小屋から慌てて逃げ出した。

「そうか。白雲斎の奴は、俺が文字を読めることを知らない」佐助は化け物の浅知恵をせせら笑った。「さっき、俺が巻物を焼いたからだ。あれがなにか、俺が知らないと思ってやがるんだ。油断しやがって」

佐助はそそくさと木の上へ逃れ、あちこちの木の枝や洞に巻物を一本ずつ分けて隠し、自分にだけ分かる小さな徴を幹に刻んだ。

それきり、小屋には戻らなかった。

白雲斎を敵と見定めた。その強大な敵から逃れる術を真剣に突き詰めようと考え始めた。

樹上生活では、自然から学ぶところが大きい。白雲斎の超人的な身のこなしより、獣や鳥の動きはずっと合理的だ。命があり、確かな肉体がある。

「俺は生きるとはなんなのか知らない。だから、命の原理を学ばないと」

遁甲の基本は、陰陽五行説だ。それは生命活動の根幹をなす自然の理だ。

白雲斎は毎日のように襲ってきた。佐助は追撃をかわしながら、何度も死に損ないながら、巻物に書かれた知識をひとつずつ試した。

巻物に薬の調合法が書いてあったのには、助かった。

傷薬もさることながら、火傷を癒す薬はどれだけあっても足りなかった。佐助は山に分け入って薬草を探し、見つからなければヨモギで代用した。どこにどんな草が生えているか、山の中をさんざん歩いて調べた。

巻物の丁寧な指南に従って調合した塗り薬は、なじみ深い匂いがした。

敵の気配を盗んで地上に降り、枯れ葉や枯れ枝を拾い集める。それらを天日で乾燥させ、木の洞や枝の間に隠す。

石集めに熱中する。集めた石は先端を尖らせてクナイを作る。この作業には大きな副産物があった。研ぎ続けるうち、火花を散らしやすい石の種類を見極められるようになったことだ。火打石を集めて、発火方法を研究する。また、獣脂や植物油の抽出法に詳しくなる。油は少量しかとれないが、竹筒に入れて常に携帯した。

火について考えるとき、佐助は昔、村に巡業に来た火吹き男の見世物を思い出す。幼い佐助には息を吹きかけることで、火勢が強まるのが不可解でならなかった。

「火勢を強める気体が要るんだ。なにか、手頃な奴が――」佐助は口を両手で覆って、息をゆっくりと吐いた。湿った吐息が鼻先を掠めた。「屁と酒精、かな?」

佐助は場所を移しながら、巻物を読み込んだ。巻物のひとつに、臓腑機能の改造に関する考察を記したものがあった。

体内で穀物の醱酵を促し、酒精を醸造するという秘術だった。

身体の改造。その思いつきに、佐助は没頭した。

手首と指先に、火打石を仕込む。小さく削った石を、薄く伸ばした蔓や木の皮で括り付ける。剝がれ落ちないように脂や膠で皮膚に貼り合わせる。ほとんど同化したように見えた。

印の結び方を練習したのは、ハッタリと騙し討ちのためだ。

自分がどんなときに油断するか、佐助は考えていた。思い当たったひとつが、結印だった。白雲斎が印を結ぶとき、佐助はその指の動きに意識がいくのを止められない。印の完成を妨害しなければと焦った。だから、印を結ぶ動作と術の発動の時間差を逆手にとることにしたのだ。印を結ぶ動作は陽動で、両指をからませる際に火打石を打ち合わせて発火させ、気化した酒精を吹きかける。これなら印を結ぶと思わせて、騙し討ちを仕掛けられる。

しかし、巻物から得た着想くらいで、白雲斎に通用するとは思えなかった。これらは、もっと決定的な術を仕掛けるための時間稼ぎにしかならない。

「いまの佐助に、なにができるのか？」

自分を他人のように分析する癖が、いつの間にかついた。

白雲斎には及ばないと知っても、佐助の長所は、やはりすばしっこさだ。小柄なだけ身軽だし、標的だと考えれば、小さい分だけ当たりにくい。何度も考え直した末、佐助は確信した。

「逃げ延びる才能を、俺は最初から持っていたんだ」

そして佐助は、白雲斎の魔の手から逃れるために、本格的な臓腑改造に取り掛かった。

こうした試行錯誤の間、何度も白雲斎に襲われた。

けれど、完璧に準備が整うまで、佐助は決して無理をしなかった。巻物の正しさを確かめ、技の習熟度を確かめ、欠点をひとつずつ確認した。

いつの日か完璧な勝利を手にするために、佐助は毎日を犠牲にした。

小屋に戻る決意を固めたときには、十五歳になっていた。

晴天が続いた二月だった。空気はすっかり乾燥していた。炎を扱う佐助には、恰好の晴れ舞台だった。

佐助はほとんど諳んじられるほど、巻物を読み込んでいた。それを実戦で試しては、改良点を書き足した。しかし知れば知るほど、巻物に書かれた技術が初歩的な遁甲術に過ぎないことが呑み込める。白雲斎が言う化け物じみた術には、ほど遠かった。

己を殺す。

自分はいない。

自分自身から逃げる。

遁甲術の根幹がまだ分かっていないのだろう。

「白雲斎！」

隠れて監視しているはずの化け物に、初めて自分から呼びかけた。ずっと見つからないように、卑屈に生きてきたのだ。ようやく真正面から声を掛けたとき、勝負の結果がどうあれ、佐助はひとつ段階を上がったように感じた。

　気が付くと、白雲斎は正面にいる。落とし穴を背後にした佐助は、一歩も退かなかった。

「お前が天狗でも妖怪でも、もう知らん。そんなこと、どうでもよくなった。とにかく、お前のネズミでいるのはたくさんだ。お前に弄ばれる人生を終わりにして、俺は人に戻る！」

　日が暮れかけていた。木立の間から差し込む西日が、小屋の前の空地を残り火のように赤く照らす。

　久しぶりに見た小屋は、どこも違ってなかった。佐助がいなくなってから、白雲斎が立ち寄った形跡も見られなかった。

　白雲斎が動くより先に後方へ宙返りしながら、佐助は背後の落とし穴に火を掛けた。白雲斎との間に火柱が立ち、佐助の身は炎に遮られた。

　白雲斎は微動だにしない。眼だけをじろりと動かした。佐助は炎を目くらましにして樹上へ逃れ、木の枝伝いに敵の背後に回り込んだ。木の上に隠していた即席の槍を手にし、白雲斎に向かって突き立てた。

首根っこを狙った穂先を、白雲斎は振り返りもせず、腕を背後にサッと廻してクナイで受けると、忽然と姿を消した。

「逃がすか！」

佐助は叫び声の反響を注意深く聞き取る。さっきの攻撃のお株を奪うように背後をとってくると読み、木の枝から垂れる蔓を思いきり曳いた。蔓に巻き付いた枝が大きくしなって、仕込んでおいた枯れ葉の塊が降ってくる。佐助は上を向いて火打石を打ち、酒精を含んだ息を吹きかけた。

――轟！

と燃え上がる枯れ葉が、佐助を包み込んだ。

佐助の背後でクナイを構えた白雲斎は、炎の出現で標的を見失った。佐助はすでに回り込んでいた。隙を突いて、白雲斎の背後に飛び降りる。今度は槍ではなく、自分の右手首を左手できつく摑んでいた。落下速度を借り、右手の指先で白雲斎の首元を裂く。佐助の指には尖らせた火打石が仕込んである。

尖った石に裂かれて白雲斎の肉は削げ、血が溢れた。佐助の指から石が剥がれ、白雲斎の首の肉にめり込んだ。

「よっしゃ！」

地上に着地すると、反動を利用してすぐさま樹上へ逃れた。心臓が激しく脈打ち、興奮がやまない。呼吸を落ち着けるために、木から木へと飛び移る。

初めて、白雲斎に傷を付けた。血を流させたのだ。

「どうだ、化け物！」

白雲斎は煙のように消えている。佐助の目の前に出現した。やはり信じがたい速度だ。傷をつければ流れ落ちる血痕で追跡可能と考えたが、白雲斎の動きは流れ落ちる血よりも速く、地面に血痕は残ってなかった。

佐助は動揺しながらも反射的に火吹き男の炎を吹きかけ、後ろへ倒れ込み、宙返りしながら木から飛び下りた。そのまま距離を取った。

そして跳ねるように後方へ宙返りしながら、小屋のなかへと逃げ込んだ。

日は落ちた。

闇に包まれた小屋の中央に、枯れ葉枯れ枝が山のように積んである。小屋に入った佐助は、真っ先にその枝葉の山に火を付けた。

炎が小屋を明るくした。逆巻く炎の熱が佐助の肌を覆ってゆく。狭い小屋に煙が充満し、佐助は吸い込まないように口元を布で塞いだ。

しばらく晴天続きだった。壁も天井もカラカラに乾いている。乾燥続きの今日を決戦の日に選んだのは、長かった軟禁生活と本当にお別れするためだ。佐助は少年時代をひとりっきりで過ごしたこの小屋を、焼き尽くすつもりだった。

壁の隙間は、膠や獣脂で入念に目張りした。密閉空間を作り上げ、白雲斎との最後の戦いに邪魔が入らないように準備した。自在に炎を操れる場所を求めたのだ。

炎の届かない壁ぎわに張り付いていると、白雲斎は平然と入り口の戸から入ってきた。燃え上がる炎を気にもせず、まっすぐ佐助に向かって駈けてきた。

佐助は細い蔓草を巻き付けたクナイを下手投げに放った。白雲斎には当たらない。天井板に突き刺さると、指先に残った蔓草の端を力任せに引っ張った。天井板が外れ、隠しておいた枯れ葉が白雲斎の進路に降り注いで、炎が燃え移った。

佐助は竹筒を取り出し、菜種油を振り撒いた。クナイを炎の中へ連続して幾つも投げ打った。

やはり、白雲斎には当たらない。

白雲斎は佐助の背後から蹴りを入れた。佐助はその足を脇腹に感じると、自分から前方へ跳ねて、派手に吹っ飛んだ。すぐに体勢を立て直した佐助のほうが入り口側、白雲斎が小屋の奥という位置取りだ。ふたりの間で、凄まじい炎が踊っている。

佐助は炎の轟音を掻き消すような声を張り上げた。

「貴様を退治してやる。化け物を退治するために、俺はここにいたんだ。それが分かったぞ！」

ハッタリ。嘘。欺き。

森で暮らすうちに、佐助の肉体は変化した。ある面では退化したかもしれない。

「身体を作り変えたくらいで、うぬぼれるな。お前が生きるには、身体を作り変えるのではなく、消してしまう他ない」

「だまれ、化け物！」

――火遁！

佐助は丙の印を結び始める。

炎は人の集中力を殺ぐ。これだけの炎の中で平然としている佐助を見れば、白雲斎も佐助が火遁を会得したと錯覚しても不思議でない。

あの白雲斎に一瞬の躊躇が見られたのは、佐助にも意外だった。まるで印の結び方が正しいかどうか判定するように、佐助の指先に視線を置いたのだ。

しかし、佐助は最後まで印を結ぶことはなく、火打石を打ち鳴らした。

ごくごく小さな火花も、佐助の目は見逃さない。火は佐助の味方だ。どんなに小さな火花でも丁寧に育ててやれば巨大な炎となって、佐助の味方をしてくれる。

炎の成長速度は迅速だった。吐息の勢いに応じて逆巻く炎を眺め、この炎こそ今日までの人生のすべてだったように、佐助は思う。

炎を透かして、白雲斎の姿が垣間見えた。

「俺は火の化身だ、白雲斎！　貴様を焼き尽くす浅間山の炎そのものだ！」

佐助が泣き出しそうな顔で吐いた大言に、なぜだか白雲斎は子供を見守る親のような、ちょっとした笑みを浮かべた。

「もう人でなくて構わんぞ！」佐助は込み上げる涙をこらえきれない。

「いまや、人などいやしない」

「黙れ！」

小屋の壁は獣脂や膠で目張りした。供給される新たな空気に邪魔されることはない。

佐助は注意深く炎が起こす風の流れを読んだ。炎の大きさ、煙の立ち方を見極めた。早すぎても、遅すぎてもならない。

大気の流れを肌で感じ、炎の渦の変化を肉眼で感じ取った。

白雲斎が投げたクナイと佐助が迎撃したクナイが宙で衝突して火花を立てる。佐助のクナイには、脂を染み込ませた紙が括ってある。

床を炎が這いずりまわる。佐助の息も乱れてきた。

「もう終わりか？」

白雲斎は炎のまっただ中にいるのに、まるで動じない。息を切らせもしなかった。そして幼児と戯れる父親のような貫禄で、ゆっくりと間合いを詰めてくる。近付く白雲斎を前にすると、佐助は恐れを払拭できない。だが、足がすくめば、そこで終わりだ。化け物め化け物め化け物め、と改めて佐助は白雲斎を人ではないなにか別の生き物だと、必死に思い込もうとした。

「ああ。終わりだ、化け物め——」

そう冷たく呪った。自分でも驚くほど、炎のように燃えさかっていたさっきまでの興奮とは裏腹に、どこか淋しげにも聞こえる声だった。佐助は己の過ちを訂正するように、我知らず、繰り返した。

「これで終わりだ、戸沢白雲斎!」

グッと息を詰めると、佐助は戸を開け放った。

小屋を埋め尽くした炎が、逃げ場を見付けたように開け放しの戸へ一気呵成になだれ込んだ。

佐助は顔の前で腕を十字に組み、襲いかかる炎を受け止める覚悟で、後ろ上方へ地面を蹴って飛び上がった。

強烈な火勢に押されて、佐助の身体はあっという間もなく夜の闇へ吸い込まれてゆく。

これが、白雲斎の驚異的な追撃をかわすための、最大速度での逃走だった。

――遁甲は、逃亡の技術だ。

白雲斎は何度も言った。

そうなのだ。

何度も何度も、まるでさっさと遁甲術を会得して逃げてしまえ、と発破をかけるように、同じ台詞を繰り返した。

人の身には抗えない自然の猛威に弾き出され、佐助は枯れ葉のように情けなく、天空を高く高く吹き飛ばされる。天地も分からない頼りない姿勢では、白雲斎がどうなったか確認しようもなかった。白雲斎との距離は佐助自身にはどうにもできないうちに、みるみる離れていった。

長らく親しんだ小屋が、大蛇のように逆巻く炎に呑み込まれて崩れてゆく。

ブナの木に追突し、佐助は枝葉に絡めとられる。それきり二度とは振り返らず、闇雲に小屋と逆方向へ、木から木を伝って林の中を駈けだした。

離れれば離れるほど、白雲斎の恐ろしさに身がすくみそうだった。

「あの程度でくたばる化け物じゃない」

すぐにも眼前に立ちふさがり、心臓めがけてクナイを突き刺してくる……そんな予感が絶えなかった。初めて遠くまで逃げられたこのときほど、逃げている最中ほど、白雲斎から逃げたいと思ったことはなかった。

逃走開始の地点でかなりの差があったから、普通ならすぐに追いつかれるはずはなかった。が、それも追跡者が人間ならば、だ。どれだけ逃げても、佐助には成功の確信が持てなかった。

伸び放題に伸びた髪の毛の焦げる悪臭を嗅ぎながら、ひたすら走った。すっかり無心だった。空っぽになった心の代わりというように、冷汗に混じった涙の粒がまなじりからこぼれて、後方へ飛び散った。

峠道――。

夜が明けても、佐助は樹上に立ち尽くす。峠道を見下ろしながら、あの道が本当にあるのかどうか半信半疑だった。道があるなら、人里も近くにある。二度と目にすることはないと思われた人間世界が、すぐ近くにあるはずだった。

「俺は、どこにいたんだろう?」

本当に白雲斎という老人は、存在したのだろうか。すべてがまやかしに思えてくる。

どうして――。

ようやく、がむしゃらに駈けてきた山肌を振り返った。

「どうして、白雲斎は追ってこない?」

どれだけ警戒を続けても、白雲斎は現れそうになかった。あまりに不可解だった。

そして、ひどい侮辱を受けている気持ちになった。あるいは、それは奇妙な感情だが、追いかけてこないことが人情を欠いた行為のように思えて、だんだん白雲斎に腹が立ってきた。

「いま、俺はどこにいるんだろう?」

長い髪が、山風に吹かれて揺れた。

すべてが、虚しくなった。

きっと、白雲斎という危険はなくなったのだ。もう二度と襲われることはないのだ。逃亡に、成功したのだ。

「これで、自由の身だ」

ようやく納得すると、長かった歳月が、幻のように消え去った気がした。

「消えると現れるは同じ――か」

白雲斎以外に、いったいだれが佐助をマトモな人間として扱うだろう。佐助には白雲斎が化け物に見えたが、いまの佐助も、里人には似たような化け物に見えるに違いない。人間世界がすぐ側にあるのに動かずにいるこの事実が、自分が恐れているのは白雲斎の追撃でなく、白雲斎から本当に自由になってしまったことの証のように、思えてきた。

佐助は懐から巻物を取り出し、両手で広げると、まとうように全身を覆った。白雲斎への対抗措置としてあらかじめ油を染み込ませていた巻紙に、手首の火打石を打ち合わせて火を付けた。

炎がみるみる広がってゆく。

成長しきって老いぼれた炎が枯れ葉のように地上に落ちたとき、佐助の姿はそこになかった。

二

真田昌幸、二男幸村に天下を語る

天正十八年二月、豊臣秀吉の小田原征伐が始まった。

九州を平定し終えた秀吉に抵抗する大名も、いまでは関東の北条、奥州の伊達くらいのものだった。

織田信長が明智光秀の謀反に遭って自害したのは、天正十年六月だった。それから八年が過ぎ、信長の忠実な家臣だった百姓上がりの猿面冠者は、あれよあれよと出世して、藤原氏以外では史上初めて関白の位についた。それからは、天皇の命令として全国に合戦の停止を命じ、これに逆らう大名を次々と征伐していった。京の都には聚楽第なる大邸宅を築き、ここに天皇、公家、大名を招いて豪華な宴を催し、その強大な権力を大々的に見せつけた。

豊臣秀吉はこの世の春を謳歌していた。まさに天下人の風格だった。

小田原攻めを控え、信濃国小県郡上田盆地に築かれた真田家の居城上田城も慌しかった。出兵準備のために領内から有力家臣が詰めかけ、兵糧や人員の管理に明け暮れた。城内は昼夜を問わず声が響き、たいそう賑わしかった。

城の大広間で軍議が開かれたのは、夕刻のことだ。

上田城主、真田安房守昌幸は四十四歳になる。そろそろ髪に白いものが混じり始めた。大広間の上座に陣取り、強者たちの言葉に耳を傾けたが、自身は終始、無言を貫いていた。

真田昌幸は、戦国随一の智慧者と呼ばれる。

上田から近い真田郷を領地とする豪族、真田幸綱の三男として生まれた。

信濃国小県と上野国吾妻・沼田に領地を持っていた。真田昌幸の八年もまた、秀吉の八年と同じく波乱続きだった。長らく仕えてきた武田家が滅亡したのは、本能寺の変の三ヶ月前、天正十年三月のことだったのだ。

波乱は収まっていない。

この八年、旧武田領内で最も勢力を伸ばしたのが真田家だった。北に上杉景勝、南に徳川家康、北条氏政と、強力な戦国大名に囲まれる不利な地域を支配しながら、広げた領地を守り抜いてきた。昌幸の人生とは、真田領を挟み込むこれら大名たちとの合戦の連続だった。

長らく秀吉は西国平定にかかり切りで、東国には手をつけずにいた。東国へ目を向け始めたのは、ここ数年のことだ。

さしもの昌幸も秀吉の度重なる勧告を無視できず上洛に応じ、臣下の礼をとらざるを得なかった。そして秀吉の求めに従い、大坂城へ我が子を人質に出した。

それが二男、真田幸村だった。

その幸村が今度の大合戦のため、久しぶりに上田城へ戻されていた。

軍議が一段落し、戦功を祈願した堅めの杯を酌み交わすと、ささやかながら酒宴が設けられた。膳を並べた広間では、酒の入った強者たちが軽口を叩き始めた。

「北条方では天下人が攻めてくると考えなかったものかな」

「予測はしておったろう。小田原城の改築を着々と進めていたくらいだ」

真田軍の進軍経路は、すでに北の大名から通達されていた。この上田で上杉景勝、前田利家と合流し、上野との国境にある碓氷峠を越えて進軍する。峠の案内は、真田が買って出た。真田の者は何度も越えている峠道だった。

その先、まっすぐ小田原へ向かうか、北条領制圧のために東上野へ向かうかは、上杉・前田の協議の結果次第だった。真田は両大名と対等ではなく、あくまで北国大名の配下として合戦に参加する手はずだった。

　どことなく気持ちの緩んだような大広間の光景も、小田原攻めを真田の戦と看做していない心の表れに見えた。長年、真田家の存亡を懸けて戦ってきた古強者には、大軍勢の一画に過ぎない合戦は現実味が欠けるのだろう。

「いまごろ必死に城を固めるなら、北条方は籠城の一手だな。打って出ても勝ち目はあるまい」

「しかし、いくら小田原が堅牢とは言え、籠城で勝ちは拾えまい。頼みの徳川さえ豊臣方へ下ったいま、北条に味方する大名はおるまいに」

「結局は落としどころとなりましょうな。長引かせるだけ長引かせ、好条件での和解を探るか。攻め手の兵が多ければ出費もかさむのですから、戦を長引かせたくないのは、むしろこちらかもしれませんぞ」

「小田原こそ楽に落ちずとも、他の城はそれほどでもあるまい。籠城にこだわるうちに丸裸にされては、和議後の勢力を失うのは必至。ともあれ、小田原を落とせなければ、こちらの勝ちもない」

秀吉が北条へ宣戦布告の通達を出したのは、昨年十一月だった。同じ書状は、各国大名にも送られた。これもまた、秀吉の権力を諸国大名に印象づける効果があった。

秀吉は、人の心を巧みにつく。小田原攻めへの参加を断るなら、北条家と同じように攻め滅ぼすぞ、と告げていた。今回の大合戦を機に、臣従した大名たちの反応を見ておこうという腹なのだ。

「御家としては、幸村様の御初陣を華々しい勝利で飾ることこそ大事であろう」

広間の視線が、一斉に幸村へ集まった。

幸村は二十四歳だった。この年での初陣は、少しばかり遅い。これまで合戦に参加しなかったのは、人質の期間が長かったからだ。始めは上杉、それから秀吉の下へと、真田家の政略に従って他国を渡り歩いた。

「幸村の初陣を気にかけてくれるとはありがたい」

美しい顔立ちに優雅な笑みを浮かべ、ちょっと頭を垂れた。

根っから無骨な家臣たちは、幸村の美貌に気後れするようにはにかんだ。

これまで幸村には、真田家での活躍の機会がなかった。当主の二男とはいえ、口出しできる立場にないと慮り、軍議でも口を閉ざしていた。ときおりチラチラと上座の様子を窺うことはあったが、そのたび、父の態度に少しの乱れもないのを確かめただけだった。

幸村は再び昌幸を窺うように、上座へ目を遣った。

そんな幸村の態度が気に掛かったか、兄の信幸が気さくに、半ば冗談のように言った。

「みなの言うように、この戦が弟の初陣となる。都でもまれて天下の政治には詳しいかもしれんが、戦となればわしらに一日の長がある。みな、弟の初陣を後々の恥とせぬよう、心して掛かれよ」

信幸の野太い声に、強者たちも勇ましく応じた。

昔から真田一族は美男揃いと評判だが、幸村の美しさと信幸のそれではいささか趣が違った。幸村は生まれながらに気品のある、端正な面立ちだった。すらりと延びた手足にも、洗練された色気を感じさせた。

信幸は、どちらかと言えば男性的な逞しさ、意地悪く言えば、田舎臭い偉丈夫だ。だが命を預けるなら、信幸のほうが頼もしく感じられるかもしれない。

真田主従の結束は、合戦を重ねることで固く結ばれてきた。強国を相手取って負けなし、昌幸の軍配への信頼は、家臣の自信に繋がった。

「小田原が堅牢と言うが、この上田城こそ難攻不落の要塞。徳川の大軍を凌ぎきったことは、後の世まで天下に語り継がれることでしょう」

昌幸の下で苦しい戦を戦いぬいた家臣たちには、戦のひとつひとつが誇りだった。幸村が軽口めかして言った。「みなは先から、天下、天下とよく申される。しかし、幸村は未だ天下を知らんのだ」

ざわめいた家臣を制すように、信幸が少し下品な声で笑った。

「天下を知らんと言うか？　これはまた、おかしなことを言ったものだ。幸村よ、お前こそ天下人の御膝元で、天下の動きをつぶさに見聞きしておろうに。田舎暮らしのわしらのだれより、天下を知っていなければおかしいというもの。情勢についてて語れるところもあろう。いくらでも耳を傾けるぞ」

きっと幸村の緊張をほぐそうとしたのだろうが、肝心の幸村には百戦錬磨の真田家中であれ、気後れする様子はなかった。

「いいえ、兄上――」

凛とした面構えを信幸へ向けると、一同、その所作に見とれたように黙り込んだ。シンと静まり返った大広間に、幸村の冷ややかな声だけが響いた。

「幸村には、天下を語ることはできかねます。特に、天下取りの戦ともなれば、なおのこと。戦のひとつひとつには、それぞれ目的がございましょう。幸村には天下の戦を語れませんが、どうやら、ここでは天下人の小田原攻めばかりに関心が傾いておるようにお見受けいたしました」

「戦の焦点が、攻めるに難い小田原城をどう攻め落とすかがカギとなるのは間違いあるまい。古来、合戦において難しいのは、守りを固めた城の落とし方だ」

大坂城で弟が秀吉に可愛がられているのは、信幸も知っている。しかし、それもこれも真田の戦上手があればこそだとの自負がある。徳川、北条、上杉の強国大名に囲まれながら、真田は一歩も引くことなく渡り合って領地を維持してきた。その実績が、天下人をして真田を無視できない相手にしているのだ。

「真田が大名を相手取って一歩も引かぬ戦いを繰り広げてきましたこと、幸村も重々承知しております。それこそ、真田の戦でございましたろう」

「どうやら真田の勇名は天下に轟いておるようだぞ」信幸が家臣たちを活気づけようと、強いて明るく言った。

「しかし小田原攻めと申すとき、これは豊臣の戦であって、真田の戦ではございますまい」

幸村が間髪入れずに発した言葉に、信幸の顔は強ばった。

「憚りながら――」若い家臣が会話に割って入った。

これは幸村と同年輩の若武者で、名を穴山小助といった。不思議と小助が加わった陣は負けないことから、家中では『真田の守り神』として可愛がられる若者だった。

「幸村様の仰せになられる真田の戦とは、どのようなものでございましょう。我らは信濃でも上野でも、いざ戦となれば命を懸けて戦って参りました。それは、今度の戦でも同様でございます。これを真田の戦でないと仰せになられるのは、いささか、聞き捨てならないかと存じます」

　そんな小助の苦言を壮年の家臣が窘めようとしたが、幸村が制した。

「いや、聞き捨てならんのは尤もだ。幸村の申す真田の戦とは、まさにいまお前が言った、信濃でも上野でもの戦のことだ。しかし、この大広間で一度でも、信濃、上野の真田の城について触れられたであろうか」

　座がざわつき始めた。幸村がなにを言いたいのか分からず、困惑したのだ。

「豊臣家と申してまずかったなら、天下人の戦と言おう。天下人が天下を取るために戦を起こす、そこに幸村は――」

「そろそろ、戯れ言は止さんか」信幸が少し苛立った口ぶりで遮った。「初陣前の気弱を言葉で飾るのは、武門の恥だ」

「これを気弱さと受け取られましては、幸村の面目もございません」

幸村は素直に言葉を引っ込め、頭を垂れた。

広間に、ホッと安堵のため息が広がった。幸村の口ぶりが挑発めいて聞こえ、家臣たちは不安に駆られていたのだ。信幸が彼らの安堵の上澄みをすくいとるように、今度はあえて上機嫌を装い、幸村をなだめた。

「誰にでも初めてはあるものだ。初陣前の気の高ぶりは恥ではない。それに今度のような大きな戦となれば、父上はまだしも、この信幸にとっても初めてのこと。ここにおるほとんどが、初めての大戦だ。天下を知らぬのは、みな同じ。小田原へ詰めれば、嫌でも天下が見られよう。真田の存亡を懸けた戦でなくとも、戦場での働きを秀吉公がどう見られるかで、真田の行く末に大きく――」

「――どうか、名胡桃城をお忘れなきよう」

幸村は頭を垂れたまま、よく通る声でそう告げた。

家臣たちの顔が強ばった。

顔を上げた幸村は、広間の面々を見回した。家臣たちは恥を隠すかのように沈黙し、幸村と目を合わせようとさえしなかった。

信幸ですら唇を噛み、遮られた言葉を継ぐのも忘れた。

「幸村の言いたいのはこういうことだ。合戦停止の命令に同意したにもかかわらず、昨年十一月三日、北条は卑劣にも真田領である上野国沼田の名胡桃城を騙し討ちして、掠め取った。今度の戦の発端がこのときの北条への懲罰であることは、誰しも存じておるところ。それなのに、みな小田原ばかりに目が向いて、肝心の名胡桃城のこと、無念を呑んで自害した城代、鈴木主水のことを、まったく歯牙にも掛けぬのはどうしたことか。幸村は、再三、真田の戦と申した。幸村は、天下人の戦のためでなく、真田の戦を戦うために上田城へ戻ったのだ。幸村は天下を知らぬ。そんな得体の知れぬものに命を懸けるつもりはない。しかし、真田の戦を戦うということなら、初陣であろうとなかろうと、いつでも命を懸けて戦うつもりでいるのだ」

「……仰せの通りでございます」先ほどの若い家臣、穴山小助がほとんど泣き出さんばかりの声で応じた。「迂闊にも、鈴木殿の無念を考えもせず、天下天下と浮かれたように申しておりました。我が身が恥ずかしうございます」

別のところからも、打ち拉がれたような声が洩れた。「仰せの次第に、得心いきましてございます。この戦もまた真田の戦に違いござらぬ。こちらの考え違いをお許しください」

また広間を沈黙が覆う。みなみな、なにかを考え込むように黙り込んだ。

幸村は応えなかったが、美しい顔立ちに微塵の迷いもなく、一心に信念を貫き通そうとする覚悟だけが垣間見えた。その一本気な純粋さがまた、古強者たちをいっそう恥じ入らせたのだ。

ただひとり、信幸だけは、この緊張に好ましからざるものを感じた。戦の前の緊張は避けねばならない。若いときから戦場を駈け回り、いまでは上野領を預かる立場にある。上野国吾妻の主城岩櫃城主でもある信幸は、理想家の幸村と違ってずっと現実的だった。どれだけ思うところがあっても折れる必要があると判断すれば、いくらでも己を曲げた。

冷たい大気の漂う広間に、信幸の声が響き渡る。

「どうやら、幸村の申すことには理があるようだ。名胡桃城を忘れたわけではなかろうが、これは我が弟の初陣、どうか皆の衆、この合戦をれっきとした真田の戦と思い込んで、真田のために戦場へ向かおうじゃないか」

しんみりしていた大広間に、ムリにしぼり出したときの声が上がった。信幸は重臣一同を活気づけようと、自らもまた大音声で掛け声を上げた。

上座では、昌幸のまぶたが閉じていた。まるで眠ってでもいるような素振りで、じっと耳を傾けている。

「不思議なものだな」

夜も更けて自室に籠った昌幸は、家人を遠ざけてひとりきり、行灯の近くに端座していた。城内とはいえ、真田屋敷までは戦支度も聞こえてこない。

「幸村様でございますか」

どこからともなく、声がした。

行灯の頼りない光は、部屋の隅々まで照らしきることはない。薄闇のどこかに身を潜め、決して姿をさらさない男が、しかし、気配だけは、それが礼儀であるかのようにあからさまに漂わせていた。

「信幸と幸村のことだ。信幸には跡取りらしく、真田の戦を叩き込んできた。死地へ赴くのにためらわない、武門の跡取りに相応しく育った。真田家は、信幸がおればまず安泰だろう。あれは、置かれた状況に応じて現実的な判断ができる。小さな真田が生き残るには、必要不可欠な素質だ」

信幸が挑発するような幸村の言葉に乗らなかっただけでなく、感情を抑えて家臣の士気を高めるための一言を、最後に掲げたのは立派だった。

「幸村様の仰りようには現実への理解が足りないと、お考えですかな」

「あれを空論とはねのけるのは、容易だ。欺き。まやかし。『真田の戦』などは単なる言葉に過ぎん。家臣たちも幸村の舌先三寸の詐術にかかっただけと言えんことはない。もしもお前が同じことを言ったならそう断じて構わんが、幸村には信念がある。自らを一途に信じる心は、いまの世にはなおさら得難いものだ」

「あなた様とて、幸村様とご同様に人質暮らしを経験なさって参られた。それも、幸村様よりよほど長い間、武田家の人質として飼われてございました。そのあなた様の目からご覧になっても、そうでございますかな」

　昌幸が武田信玄の許に人質に出されたのは、七歳のときだった。

「私心なき者よ」

　姿を見せない声の主は、冷ややかに受けた。「『私心なき者』とは、あなた様が信玄公より賜ったお褒めのお言葉でございましょうに」

　懐かしい思い出だ。

　武田信玄は、真田家から人質として差し出された昌幸を側に置いて可愛がった。軍神と怖れられた武田信玄から軍略・政略を直々に学ぶ機会を持てたのは、昌幸にとって代え難い経験だった。信玄は、本気で昌幸を、武田家を支える太い柱として育てようとしたのだ。昌幸はその期待に応えようと努力し、事実、武田家になくてはならない側近へと成長した。

　そのときの昌幸は、私心のない、私欲のない、自分自身を持たない道具だった。

　少年時代の昌幸は、武田家へ仕官を求める武士と最初に面会する役目を仰せつかっていた。昌幸は優れた面接官だった。自分自身の意見を持たず、意志も持たず、ただ目の前にいる相手のひととなりを冷ややかに観察した。

ただの「目」だった。

ただの「耳」だった。

信玄はそんな昌幸を、わしの両目、わしの両耳、と呼んで大事にした。それが昌幸には嬉しかった。自分の目や自分の耳は必要ではなかった。当時、真田家にはふたりの兄がいて、昌幸の帰る場所はなかったからだ。武田家へ人質に出されたとき、真田という根っこが断たれたことに気が付いた。父は真田家のために、幼い三男を死地に送った。甲府の屋敷は戦場ではなかったが、昌幸の命は武田と真田の主従関係が破れれば、簡単に消え去ってしまう程度に軽かった。生きるとも死ぬともつかない奇妙な状況下で、昌幸は成長したのだ。

人質とは、忠誠の証だ。そして、父が優先するのが忠義ではなく、真田の領地であると、昌幸もよく理解していた。真田領だけが大事であるなら、父がいつ武田方から寝返っても不思議でなかったし、機会さえ訪れれば躊躇しないことも分かっていた。だからこそ昌幸は、真田の者として人質に入りながら、武田家のほうに強く愛着を覚えたのだ。

しかし、強かった武田家が衰退する原因となった長篠の戦いで、昌幸はふたりの兄を失い、突然、真田の跡取りとして生きることを求められた。

「真田は弱い。弱いから、強い戦ができる。強い者には、弱い者の戦はできぬ。武田の戦と真田の戦では、似ているようでやはり違う」

「長篠。天目山。いまもまだ悔いておられますか」

武田信玄が急死した後、跡目を継いだ勝頼はまだ若く、実直な当主だった。偉大な父を持つ子の誰もがそうであるように、気負いと弱気の間を行き来する平凡な男だった。

「長篠合戦は愚策だったと、武田の御家では非難が上がっておりましたな」

その平坦な声に、昌幸はやや苛立ちを覚える。それは何度も昌幸自身が自問してきた問いだったからだ。

——長篠は間違いだったのか、否か。

「勝頼公には大事だった。それを大事と見極められた勝頼公の判断に、誤りのあろうはずはない。敗れたことが悪かったのだ」

「多くの友を亡くされましたな。兄君をふたりとも亡くされた」

「真田家を継がなければ、昌幸も、生涯、私心なき者だったのだろうか。それを思えば、家を離れた幸村が真田の戦を自覚しているのは早熟と言えるだろう」

「幸村様のお仕えなさる相手が秀吉公だから、ではございませんか」

「天下人、か。天下を受け入れるべきか、否か。この期に及んで、なお迷う」

「人はもうこの世におりますまい。すべては、夢、幻の如くなり」

「化け物の言いそうなことだ」

スッと、声の主の気配が消えた。

襖の向こうから、若やいだ声がした。

「――幸村でございます。お呼びでございましょうか」

「入れ」

昌幸はそれまでの寛いだ態度から一転、厳めしい領主の顔をこしらえた。背筋をピンと張り、開かれる襖へ目を向けた。

幸村は廊下に両膝を突いて頭を垂れ、入ってこようとしない。

「先ほどは、御前にもかかわらず、大変な無礼をいたしました」

「そうは思っておらんだろう。ともかく入って、襖を閉じよ」

昌幸の観察眼、人物批評はいつでも的確だ。信玄に「耳利き」と称され、武田家へ仕官を望む者の面接官の役目を任されたのは、十四歳のときだ。

信玄はよく昌幸の天分を見抜いていた。私心なき者という天分を。

幸村は命じられるまま膝を進め、丁寧に襖を閉じた。

「咎めるために呼んだのではない。これまでお前とはろくに語らう機会も時間も取れなかったから、せめて初陣前には、父らしく語らうのもよかろうと思うて呼んだのだ」

昌幸は少しだけ父の顔を覗かせたが、幸村のほうは顔を強ばらせていた。

「昨年のことでございます」幸村は凛々しい表情を崩さず、口を開いた。「大坂へ上られました父上のご様子、幸村はよく覚えております。憚りながら、幸村には、父上のお心こそ不可解でございます。なぜ、先ほど家臣らの前で、父上の口から、名胡桃城や鈴木主水の名をお出しにならなかったのですか」

幸村の信念は確かに立派なものだ。父を前にして、まるで咎めるようにズケズケと言い立てる。

「わしが言わないから、お前が言ったわけか。わざわざ穴山の小倅に嚙み付かせてまで家臣たちの反応を見たのだろうが、わしの前で下手な芝居を打つのは感心できんな」

「家中の結束の固さを疑ってはおりません」

「稀代の芝居下手を相手役に選んだのが感心せんということだ。だが、上田に戻った途端に小助を調略してわしから寝返らせた早業は見事だぞ」

昌幸はそう軽口を叩いて笑うが、幸村は愛想笑いさえ浮かべなかった。自らの行いが正しいと信じる者の、自信に満ちた態度を崩さない。

「お忘れではございますまい。名胡桃が落城したとの一報は、父上が大坂におられたときに届けられたのです。その場に、幸村も居合わせておりました。あのとき父上は、お手に取られていた茶碗を、怒りに任せて壁に投げつけられました。父上があれほどお怒りになったところを、幸村は目にしたことがございません。卑劣な北条の手の者は、停戦協定を破っただけではありません。その留守を狙って名胡桃城を攻めました。父上の名を騙った偽手紙で鈴木主水を岩櫃城まで呼び出し、その留守を狙って名胡桃城を攻めました。罠にかけられたことを恥じた鈴木は、近くの神社に入って自害召されたとの報告でございました。その無念を思えばこそ、今度の北条攻めはやはり真田の戦でなければなりますまい。これは幸村の初陣への気負いとはまったく別の、本心でございます」

「その純朴さがあったから、古強者どもの心に届いたのだろう」

幸村はやや色をなした。「兄上は、どうでございましたか。兄上は幸村の言いようを、すっかり受け流してしまわれました」

「信幸は、清濁あわせ呑む寛容さを備えておるのだ。それもまた、これからの時代を生きるのに大事な素養だ」

「濁り水ばかり呑んでいれば、清水の味を忘れてしまいます」

「清水ばかり呑む者には、濁り水がことさら汚くも見えよう」そこで、昌幸はそっと小さな笑みを浮かべた。「それでよいのだ。兄弟のどちらが勝っている劣っているの話ではない」

膝を握りしめた幸村の指先に、いよいよ力が入った。「幸村とて、濁り水を飲み干す覚悟はできております。しかし、清水と濁り水の違いを見極める必要はあろうと、憚りながら、存じております」

「名胡桃城へ向かうことはない。この戦はそのようなものではない」昌幸はきっぱりと言い切った。

幸村は挑むような口ぶりで、「やはりどうあっても、上杉殿、前田殿の指揮下に入るのでございますな」

「上杉殿とはお前も親しかろう」

「小田原では徳川殿とお会いなさることもありましょう。父上とは、遺恨がおありかと存じますが」

昌幸はなんでもないことのように受けた。「わしと遺恨のない大名は、この辺りにはおらん。上杉とて、心中穏やかではなかろう」

武田の後ろ盾を失った真田昌幸は、状況に応じて主を変えながら、生き残りを謀ってきた。短期間に上杉にも北条にも徳川にも仕え、そして裏切ってきた。それぞれの大名家からは、節操のない、信用ならない男だと罵られたが、真田のような弱小領主が生き残るための、最良の選択をしたまでだった。

この上田城ひとつとってもそうだ。

上田城が築かれたのは、昌幸が徳川家康に仕えたときのことだった。越後の上杉景勝に対抗する防衛拠点として、徳川に金を出させて城を築いた。

やがて徳川と敵対するようになると、昌幸は上杉景勝に近づいて配下となった。幸村を上杉家の人質に出したのはそのときだった。

昌幸の領地は、信濃国小県から上野国吾妻・沼田へ、東西に渡って広がっていた。あたかも南と北を遮る一本の太い線のようなもので、南の徳川や北条には上杉に対する防衛線となり、上杉には南の二大名に対する防衛線となった。

上田城へ攻め寄せた徳川勢との上田合戦については、今夜の大広間で家臣が誇らしげに語ったところだ。昌幸は徳川軍を上田城内二の丸まで引き入れて退路を断ち、南の支城に配置しておいた別働隊に攻撃させた。別働隊を指揮したのは、信幸だ。

徳川の戦死者は三千に及び、惨憺たる被害を浴びて退却した。

小領主真田が大軍を打ち破ったとの評判は、たちまち各地に乱れ飛んだ。上田城を攻めきれない家康は、北条に真田の上野領を攻めるように打診した。真田の兵力分散を狙ったもので、長らく上野をつけ狙う北条は喜んで受けた。

こうした徳川と北条の動きを、昌幸はあらかじめ読んでいた。だから、「徳川敗れる」の知らせを、四方八方にバラまいたのだ。弱小真田が強国徳川に大打撃を与えた事実は、東国の小領主たちの士気を大いに高めた。

結果、北条は真田ばかりに構っていられなくなった。下野の宇都宮国綱、常陸の佐竹義重らが奮戦し、北条勢のほうこそ兵力を分散させねばならなかった。信濃上田で徳川を破り、上野沼田を北条から守る間に、昌幸は上田城の改築に取り掛かった。先の徳川との一戦で壊れた二の丸修繕という名目で、今度は上杉に資金を出させたのだ。現に戦の真っ最中で、上田城が落ちれば、徳川は越後へ攻め込む拠点を手に入れる。これは、上杉としてどうしても避けねばならない事態だった。要塞上田城は、このようにして完成したのだ。

「侵略にかまける大名の欲深さ、その驕りが、弱小真田の術中に嵌まる。上杉も北条も徳川も、武士のあり方を忘れているのだ」

真田の生きる道は、常に変わらない。幸村に諭されるまでもなく、真田領を守り抜くことだ。武士であれ百姓であれ、土地を命がけで守り抜くのは人間本来のあり方だと昌幸は信じた。だから、大名との遺恨などは気にもしない。

一所懸命。

それが、武士のあるべき姿だ。

徳川、北条、上杉といった名だたる大名に比べれば、真田などは吹けば飛ぶような小領主に過ぎない。昌幸は決して判断を誤らなかった。たったひとつの間違いが滅亡に繋がる綱渡りのような八年間、昌幸の戦は、負けないための戦だった。

厳しい現実に直面してきた昌幸だから、時代の流れも見えている。たとえ自らの心が理想と現実の狭間で揺れ動いても、求められるのは正しい判断のほうだった。

当然、それは昌幸自身の信念と反することもあり得る。

現に、激しい速度で進んでゆく世の中の動向は、昌幸の好むものではなかった。

それが人間の敗北した絶望の未来だと、昌幸の両目には映る。

「大名の焦りは、小さな真田を破れないことにあるのではない。それ以前に、徳川も北条も、天下人の影を感じている。真田と戦いながら、西国を平定した豊臣家を窺っていたのだ。大名が天下に目を向けたとき、真田の付け入る隙はある」

「天下人をどうお考えなのですか」

「幻」

昌幸は即答した。

幸村はちょっと虚を突かれたようだった。

「それは、どのような意味でございましょうか」

昌幸はチラと横目で窺った。行灯の光が届くか届かぬかの床の間に、一振りの鉾が飾ってあった。

「天下も天下人も、この世には存在せんのだ。天下、と口にするときには、真田の戦がないどころではない。真田そのものが消えている。にもかかわらず、戦慣れした者ほど、この幻に取り憑かれる。合戦の意味を取り違え、武士のあるべき姿を見誤る。一度、見誤ればいつまでも見誤り続ける。そして、その誤りが誤りでなくなったとき、人間が消え去るだろう。それに気付かず、みなが幻を追い始めた。北条や徳川が天下を窺うとき、北条や徳川は消えているのだ」

「しかし――」幸村は理解が追いつかなかった。抱えていた気負いや緊張が、いつの間にか失せていた。「この天の下、天と地の間には、はっきりとあまたの国があります。これらの国のすべてを集めれば、それが天下ではございませんか。すべての領地を統一したとき、それは天下と呼ばれるのではございませんか」

「違うのだ、幸村」昌幸は、言下に否定した。「天下とは、ある特殊なものの見方なのだ。それは、形ある何かではない。人の世からかけ離れた、人ではない化け物が作り出した、言葉だ」

「……化け物？　言葉？」幸村がますます怪訝な表情になった。

「天下布武」

昌幸はさらりと言った。

あの織田信長が掲げた旗印だ。

「この四文字が現れる以前、この世に天下は存在しなかった。天下取りを目指して大名が覇を競ったなどはまったくのデタラメ、おとぎ話のようなものだ。大名であれ小領主であれ、戦を起こす目的はひとつ、領地争いだった。自らの領地を守るために敵と戦う。合戦はそれ以上でもそれ以下でもなかった。だから、ある大名が領地を無限に広げたとて、その先に天下はなかったのだ。領地はどこまで拡張されようと、あくまでも領地だ。それは目に見え、手で触れることができる。人間の延長にある土地だった。領地を広げれば広がった領地を守るため、武士はやはり生涯、戦わざるを得ない。――分かるな、幸村?」

「それこそ、武士の本分と心得ております」

「武士は、自らの領地、その『一所』を命がけで守ってきた。決して、天下取りのために戦ったのではない。人は城、人は石垣、人は濠――家も国も、領地と領民あってのこと。それは他に換えることのできない、武士の根っことなるもの、すなわち、一所なのだ」

近頃では川中島の戦いまでムダな合戦だったと宣う者が出て、昌幸を仰天させる。

武田や上杉が天下を窺うつもりなら、川中島などの小さな土地を奪い合う必要はなかったと、彼らは言うのだ。

　だが、武田も上杉も天下という幻を追ったのではなく、自らの領地を守るために戦った。上杉が川中島を押さえれば、信濃の領主は迎え撃たねば一国を危機に晒す羽目になる。同様に、越後の領主も武田に川中島をとられれば、信濃からの侵入を許す。武田信玄と上杉謙信が川中島を巡って五度まで戦を起こしたのは、領地を守る領主として当然の判断だった。川中島の重要性を理解できない者は、武士にとって領地がどれほど大事だったか忘れてしまったのだ。

「しかし、織田信長が天下布武を掲げたとき、武士は——いや、人間は、そのあり方をすっかり変えてしまった。天下というそれまで誰も考えたことのなかった妄想じみた考え方が、たちまち人の心に染み込んでいったのだ」

　情報が戦を左右することを知り尽くした昌幸だからこそ、信長が行った情報戦の鮮やかさが、人間業とは思えない。

まやかし。欺き。嘘。それらは操作次第でいくらでも現実のものとなる。

「それは、信長の底知れない欲が、世間を呑み込んだということでしょうか」
「それが、誤りの元だ。信長を自分たちの小さな考えで理解しようと試みれば、人は、人間の欲と天下取りを安易に結びつけようとし始める。そのとき、天下取りと一所懸命の間に混淆が起こり、天下こそが武士の本分と見誤る。そうして天下は、世に浸透したのだ。わしは、天下を幻と言った。それを編み出した信長を化け物と呼んだ。幻を望む者に、人並みの欲望はない。信長は、この世の誰よりも欲のない人だったのだ」

——私心なき者。

昌幸は、信玄公からそのように評価された。かつての昌幸は、信長と同じ境地にあった。守るべき一所もなく、家もなく、人質として家から切り離されて、いつなんどき真田本家の武田家への裏切りひとつで尽きるとも知れないうつろな人生だった。

寝返りや造反が簡単に起こることを、昌幸は知っていた。信玄公の下で、昌幸は他国へ潜入して寝返り工作を仕掛ける役目を仰せつかっていた。人間には欲がある。

人の欲は、人の夢は、人の生きる目的は、その人自身を裏切らない。だから、その欲を突いて巧みに人を操ることができる。そうした工作に従事していると、昌幸は自分にはその欲が欠け、欠けているから信玄公の寵愛を受けていることに、気付いた。

武田家へ人質に出されたとき、昌幸は真田家を失った。自分を世界と結びつける絆が断たれた。だから、自分がなかった。過去がなく、未来もなかった。化け物だったのだ。

武田家の忍びを取りまとめて諜報活動の指揮を執り、自らも密偵として他国へ入って情報戦の基盤を作った昌幸を、信玄公は「我が両目」と呼んだ。

昌幸の両目は、自分の姿を映し出すことはなかった。

信長の目は、どうだったのだろうか。

「信長公には欲がなく、私心がなかった。だから、天下を騙ることができた。空論を空論と知りながら、それだけを見つめ続けられた。なんと空虚なことか。しかし、いまでは誰もそれを空虚だとは思わない。なぜなら、天下が、この世に本当に存在するようになったからだ」

「お言葉を窺っておりますと、信長公こそ幻であったかのように聞こえますが」

「尾張の大名家に生まれた真っ当な武士が、自らの領地に執着せず、一足飛びに天下へ思想を飛躍させたことは、人には及びもつかぬ狂った思考だ。信長とは、最初から最後まで、ウツケ者だったのだ」

空け。

虚け。

「まったく空虚な、中身のない人間だった」昌幸は淡々と言った。「世俗の人は誰であれ、日々、なんらかの形で変わってゆく。自分に足りないなにかを補い、中身を充実させようと努力する。それを成長と呼ぶのだろう。それが人間の正しい生き方、自然な生き方だと誰しも考えることだろう」

昌幸は自嘲するように笑った。

「しかし、そうした人間観では、信長の正体は見えない。人間らしい欲もなく、私心もなく、何者かであろうとする意志もない。夢もなく、目的もなく、こだわりもない。未来もなく、過去もない。だから、なにも囚われない。自然な人の姿に照らし合わせようと試みれば、信長の像は途端にあやふやになる。まるで、空虚を見つめているようにだ。恐ろしいことに、信長には織田家さえがなんの意味も持たなかった。守るべき家を持たず、執着する土地もなければ、いったいなんのために戦うのか。そのような根っこの切れた状態で、人は戦い続けることができるのか。できるはずがない。だから、信長は幻を編み出した。天下布武の旗印が、わしには悲痛な叫びに見える。この旗を掲げたとき、信長の中でこの世の道理がひっくり返ったことだろう。空虚を見つめた信長は、空虚でこの世を満たそうとした。底が抜けたように満たされない器だった信長は、自分を変えることなく、この世の底を抜いたのだ。――それが、天下というものだ」

　昌幸は深く息を吐いた。

「信長は自らを『第六天魔王』と名乗った。皮肉な話ではないか。第六天とは、欲の頂点に位置する世界だが、信長自身に欲はないのだ。欲がない信長は、欲があるかのように装った。しかし、信長という空っぽの器には、最後までなにも入らなかった。器を満たす欲望が欠けているのだから、当然だ。どれだけ領地を増やしても満たされない。なぜなら、天下と領地は、そもそもまったく異なる考え方だからだ。大名たちには信長が理解できなかったが、中身のない天下という空虚だけは、たちまち世にはびこった。流行病のように、この世に住む人間の心に感染していった」

こうして話すうちにも、昌幸の心に空虚が忍び寄るのだ。昌幸はそれを漂わせるに任せ、振り払おうとはしない。

「天下という思想は、戦に疲れた者には大きな慰めであり、救いだった。命がけで一所を守る生き方とは、終わらない戦いに生涯を捧げることだ。命を懸ける一所そのものがなくなれば、人間はよほど楽になる。だからこそ、永遠に続くと思われた戦国の世が、終焉を迎えようとしているのだ。人間から戦う意味を奪い、生きる意味を奪うことで、天下は戦乱を収めてゆくだろう」

「それが、平和への道とは言えませんか」

「人間のいない世界を平和と呼べるならば、そうだろう。少なくとも、命を失うことはない。人生を懸けるに足るものは、もはやなにもなくなるからだ」

天下を受け入れるか、否か。

昌幸も決して戦を好むのではない。たとえ偽りの、人間からあまりにかけ離れた化け物の世界であっても、命を失う危険が少しでも少ない世界は、生き延びた者がなにより求める未来に違いない。

天下を受け入れるのは、簡単だ。真田を捨ててしまえばいい。武士を捨ててしまえばいい。人間であることを捨ててしまえばいい。自らを見つめるこの両目を、捨ててしまえばいいのだ。

そこに、平和が訪れるだろう。

けれども昌幸は、これを受け入れるには、あまりに多くのものを背負い過ぎた。捨てることのできない過去を抱えすぎた。

――わしは間違っていたか。

と、武田勝頼公は死を覚悟した戦いの前、昌幸に洩らした。その表情が、忘れられない。最期と定めた戦の前に、勝頼公は自らを失ったかのような、虚ろな顔で昌幸に質した。なぜそのような情けないことを言うのかと叱りつけたかった。武田家当主の決断に、間違いはない。一所に命を懸けたのであれば、どこに間違いがあるだろう。それこそが、武士の生涯なのだ。

長篠の戦いは、戦国最強の武田騎馬軍が織田徳川の鉄砲隊に敗れたと、戦術の変化ばかりが議論される。あの時代の大きなうねりが、すっかり忘れられたからだ。

事実、長篠の合戦こそ、人間と化け物の最後の戦いだった。その敗北が、武田家の武士たちの命を奪い、心を奪った。勝頼公に信玄公ほどの求心力がなかったのは事実だが、家臣が寝返りを打ち始めたのは、このとき一所懸命の武士の魂が敗れたからだ。長篠という一所に懸けた勝頼公の心を、生き方を、戦国最強と謳われた武田の家臣団さえ共有できなくなったのだ。

昌幸とて、勝頼公の心を本当に汲み取れたのは、長篠の敗戦後だった。兄たちが相次いで戦死し、思いがけなく真田家を継いだからこそ、昌幸にも一所を守る武士の気持ちが分かったのだ。

すでに、遅かった。世の中はすでにひっくり返った後だったから。

「父上には――」

幸村の発した言葉は、大広間で語ったときよりも重々しく響いた。

「名胡桃城の奪還が真田の戦だと、語ることはできないのですね」

「いまの名胡桃城に、戦略拠点以上の意味を見出す者は少ない。我々はすでに人間の敗れ去った世界を生きている。鈴木主水の無念を訴えれば、人の感情を揺り動かすことはできる。しかし、それは名胡桃奪還に命を懸けることを武士の生き方と納得させることではない。単に、同僚の死を嘆く感傷だ。一時の感情的な高ぶりでしかない。それでは人は動かん。いま、人間を突き動かすのは、最も賤しく、最も安価な利害関係でしかなくなった。生き様で人を動かすことはできん。一所懸命の生き方は、天下という空虚の下ではあまりにバカバカしく見えるだろう。守るべき土地が特定の一所である必要はなくなったのだ。上田であれ、真田郷であれ、それらは他のどこの土地とでも交換可能な、ただの収入源でしかなくなった」

幸村が言葉にならない小さな呻きを洩らした。

「武士の一所が、測量可能、交換可能な石高としての土地に置き換わるならば、領地替えも頻繁に行われる。一所へのこだわりを捨てさせることは、家臣の目を天下に向けさせる最良の手段であるからだ。織田の家臣もまた、そうして知らず知らず私心を失い、領地が交換されるのと同じように、彼ら自身の人間さえも交換可能な駒に変えた。一所を失った人間には、寄って立つ基礎がない。天下の空虚は、人間さえを交換可能ななにかに換えるだろう」

「……本能寺は」

幸村が思案げに洩らすと、昌幸はひとつうなずいた。

「明智光秀は、ひとりの無力な人間だった。長篠の戦いが人間の最後の戦いだったとするならば、本能寺で信長を討った明智は、最後の人間だったのだろう。天下や天下人という考えが染み込んだ世界では、明智が謀反を起こした理由が分かりにくくなった。領地替えが当たり前のように行われ、天下人が領主の主人であるように、まるでそんな者が最初から存在したかのように、振る舞っている。一所を離れる武士もまた、領地からの収入が変わらないなら、或いは増えるなら、喜んでこれに従うだろう。抗って戦を起こすのは、収入が減るときだ。これもまた、決して一所に命を懸けて抗っているのではない。天下は一所を亡ぼしたのだ。――信長を討つ者は、誰であっても不思議でなかったのに、織田家には、明智以外に天下が幻と気付く者がいなかった。――いや」

昌幸はちょっと言葉を切った。

「もうひとりいた。しかし、その男には、一所よりも天下のほうがずっと都合がよく、理解も容易かったから、信長を討つことは決してなかった」

「それは、秀吉公でございますか」

「もともと守るべき一所を持たない秀吉公には、空虚な天下こそ居心地がよかったのだろう。結局、ウツケの天下は、信長本人が滅んでも消えはしなかった。秀吉公が継いだからではない。そのときにはもう、誰の心にも這い入って、武士の心を空っぽにしていたからだ。信長を討とうとした者が明智だけだった時点で、そもそも明智に勝ち目はなかったのだ」

「明智は、とっくに失われた一所のために命を懸けたというのでしょうか。それも、もはや実在する領地のためですらなく、一所という生き方そのものに。その失われた考え方のために」

「たとえ天下が戦乱を収め、世に平和と繁栄をもたらすとしても、天下が幻であり、化け物であることに変わりはない。空っぽの言葉が、人間を喰い尽くし、人間を作り替えた。自らの欲望を持たず、拠って立つ居場所を持たず、人間そのものの生き方を忘れさせる。もしかすると、争いのない世界とは、人間の人間たる所以である私心や私欲を奪い去ることでしか実現できないのかもしれない。だが、それはやはり、人間であることとの放棄なのだ。人間のいない世界にしか平和が訪れないとしたら、その空っぽの世界で生きてゆく空っぽの人間を、それでも人間と呼べるのか。そんなものが平和であるのなら、いったいなんのために、我々は戦ってきたのか。父は、祖父は、なんのために戦ったのか。いまや、命を懸けるに足るものはなにもない。なにもだ。名胡桃城の奪還と小田原攻めの間には、本質的な違いがない。なぜなら真田の戦そのものが――」

昌幸の影がゆらめく。

「――奪われたからだ」

立ち上がった昌幸はおもむろに幸村に背を向け、床の間へ向かった。その姿もまた、行灯の淡い光の届くか届かぬかの境に入った。まるで闇に埋没しようとしているかのように。

「わしの父であり、お前の祖父である真田幸綱は、宿敵村上義清に真田郷を奪われた。城を出た幸綱は、襲いくる村上軍に包囲された。共に負け戦を戦いぬく覚悟だった真田の同族、海野の跡取りの首も、その目の前で刎ねられた。幸綱もはやこれまでと、自害の覚悟を決めたときのことだ。突然の雷光に周囲が輝き、美しいひとりの巫女が戦場に降臨した。女怪は、金色の鉾を両手に掲げ、幸綱の前へツカツカと歩み寄った。そして、厳しく叱咤したという。——真田の者よ。わしは海野の氏神である白鳥明神の御使いだ。いま、海野の跡取りが身を亡ぼし、真田の者が生き残った。白鳥明神は、お前が死ぬことをお許しになってはおらん。真田郷は必ず、お前の許に帰ってくるだろう。いまは、この鉾を用いて敵陣を突き抜けよ。そして、時機の訪れを待つのだ。白鳥明神はきっとお前を見守りくださるだろう。そう述べ立てた巫女から幸綱は金色の鉾を受け取り、それをふるって絶体絶命の死地を切り開いて逃げ延びた」

昌幸は床の間に飾られた鉾を持ち上げた。それを頭上に掲げてくるりと幸村の側へ向き直り、手慣れた仕草で縦に構え、柄を下に、ドン、と音を立てて床へ立てた。

「これが、その鉾だ。幸綱に死地を切り抜けさせた、白鳥明神より授かった真田の家宝。生きて時機を待てとのお告げを、幸綱は懸命に信じ続けた。再び真田の一所、真田の里を、にっくき村上義清の手から奪い返すため、武田家に仕えてひたすら時機を待ったのだ。幸綱は死ぬことさえ許されなかった。一所懸命とは、それほど過酷なものだ。命がけとは死ぬことではない。死は武士の道ではない。命を懸けるとは、むしろ死ねないことなのだ。幸綱は命がけで生き延びた。地べたを這いつくばり、大名にへつらい、七歳の我が子を人質に差し出し、どれほどみっともなかろうと、どれほど惨めであろうと、とにかく生きて、戦いぬいた。その生涯のすべてを費やし、幸綱は真田郷奪還の悲願を遂げたのだ。そうした幸綱の生涯さえ、天下はなかったことにする。天下人のたった一言の号令で、幸綱の悲願も白鳥明神の託宣も金色の鉾も、これまで幾多の人間が繋いできた真田の歴史そのものを、すべてなかったことにして、真田家を信濃から追い立てるだろう」

風もないのに行灯の灯心が大きく揺れた。なにかに怯えるようであり、いきり立つようでもあった。鉾の柄の金箔は、ところどころが剝げていた。

昌幸は我知らず、鉾を握りしめる手に力を込めた。

「天下に抗うことが可能であるのか、わしには分からん。信長を討っても天下が消えなかったように、秀吉公に逆らったところで天下が消えることはない。その幻は大きくなりすぎた。みなが現実と信じれば、幻は容易く現実と置き換わる。その現実を生きているのだから、真田の家を守るため、家臣を養うためには、受け入れてゆくのが正しい決断かもしれん」

幸村は恥じ入るようにわずかに目を伏せた。

「真田昌幸は、とっくの昔に亡びた人間の生き残りだ。この身体には、幸綱の、勝頼公の、明智光秀の無念が詰まっている。信玄公に仕えた昔は空っぽだった心が、いまは死んでいった武士の魂でいっぱいだ。それが昌幸の私心だ。私欲だ。それが、わしの生き方なのだ。しかし、お前には、お前の生き方がある。天下に委ねるもよし、一所に懸けるもよし、目の前に横たわる現実から目を逸らすことなく、お前自身が判断するのだ。お前の器もいずれ満ちるときがこよう。お前はお前の戦を生きれば、それでよい」

昌幸は、鉾をスッと幸村のほうへ差し出した。

幸村は畏れるようにゆっくりと立ち上がり、差し出された鉾に恭しく手を掛けた。

「この鉾を、お前に預ける。一所のほうこそ幻となった、ひっくり返ったこの世の中で、これだけが真田の一所の証だ。覚えておくがいい、真田家の土地は天下人から賜ったものではない。白鳥明神に証し立てられた土地なのだ。この鉾が、なによりの宛行状なのだ」

幸村は立ち尽くし、思いがけない賜物をじっと見つめた。古びた鉾はみすぼらしかった。弱々しかった。大軍に囲まれた戦場を、こんな鉾ひとつで切り抜けたとは、到底、信じられなかった。

幸村が退室すると、昌幸は元の場所に腰を下ろし、疲れを癒すように深く息を吐いた。そろそろ行灯の油も尽きようとしていた。尽命のほとばしりのように、炎が赤々と立った。

「まだおったのか」

昌幸は、独り言のように呟いた。

姿はなく、ただ声だけがある。直接、昌幸の頭へ語りかけてくるような、低い声がした。

「白鳥明神の鉾、信幸様に託すものと思っておりましたが」

「お前には関わりのないことだ、私心なき化け物よ」

姿を見せないこの忍びを、昌幸は武田家に仕えていた頃に用いていた。とっくに隠居し、長らく音沙汰なかったのに、今夜、突然上田城に潜入して、昌幸の居室を訪れたのだ。

厳戒態勢を敷いた上田城内に易々と侵入した化け物は、昌幸の知る限り、最高の技術を修得した無双の忍者だった。

「この身の寿命も、間もなく尽きます」まるで他人事のように、淡々とそんなことを言う。「先から分かってはおりましたが、いざそのときを迎える段になりますと、仕残しが気掛かりでございます」

昌幸は思わず笑みを洩らした。「お前のような者でも、この世に未練を残すとは知らなんだ」

「元伊賀の上忍、百地三太夫。これを仕留め損ねたことが心残りでございます」

「忍び同士の恨みごとなど、それこそわしには縁がないぞ」昌幸は冷淡に吐き捨てた。「なにか、頼みでもあって参ったのか」

「どうぞ、遺言と思し召しあれ」忍びはやはり姿を見せず、声の調子も変えなかった。「我が遁甲の秘術を託しました少年を、今夜、野に放ちましてございます。いつの日か、真田様のお役に立つこともございましょう。お目に留まる機会があれば、どうぞ、ご随意にお使いなさってくださいませ」

昌幸は姿勢を崩さず、相手の姿を探しもしなかった。ただ思案げに顎髭を撫で、

「弟子を取らぬと評判の男が、寿命の尽きるのを前に己の秘術を残したと言うのか。興をそそる話だ」

「海野六郎を通じてお目通りが叶うよう、差配はいたしてあります」

「そう言えば、海野の生き残りもお前の弟子か」昌幸はわずかに目を細め、「――

その少年の名を聞いておこうか」

「私心なき者にございますれば、名もなき者でございます」

最後まで、穏やかな口ぶりの声だった。

「仮に、猿飛佐助とでも申しておきましょう」

三

霧隠才蔵、京の都で天下の大泥棒と相見える

追う?

そうだ、追っている。

才蔵は自分がなにをしているのか、はっきり分かっていた。

ところは、京の都だ。華やかな町も夜半ともなれば寝静まる。そんな都大路の闇に、男がひとり溶け込んでいた。屈強な中年男で、大きな荷を背負っている。ボサボサ髪を乱雑に紐で縛り、黒々した髭は生やすに任せている。人相書きと違って、目はお粗末なほど小さかった。

才蔵は忍び装束に身を包み、両手に手甲を嵌め、忍び刀を背負っていた。頭部を大きな布切れで一面覆い、目元以外は露出していない。完全に夜と同化し、気配を殺した。近頃は所司代の取り締まりも厳しいから、できれば町はずれまでゆきたいところだ。幸い、相手は鴨川を渡った後も警戒せず、悠々と道の真ん中を行くので、尾行はたやすかった。

その男が、不意に足を止めた。才蔵は路地に身を潜める。

男はなにげなく道の前後に目を配り、それから、近くにあった民家に向かって一足飛びに飛び上がった。大柄なのに軽やかな足取り、体さばきにもムダがない。背負った荷も音を立てなかった。さては帰りの駄賃にもう一仕事するつもりかと邪推したとき、屋根の上に現れた。どうやら、逃走経路のようだ。

才蔵は鉤縄を取り出し、民家の屋根に引っ掛けた。男に見つからないよう、路地から素早く登りきる。

今夜は月もなく、風もなかった。湿気を孕んだ熱帯夜に、二つの影は向かい合うことはない。一方は逃げ、一方は追う。

髭もじゃ男は、並んだ屋敷の屋根から屋根へ飛び移りながら東へ駈けた。郊外にアジトがあるのだろうが、町から離れるなら才蔵には好都合だった。荷を背負う分だけ動きが鈍るから、若い才蔵の足なら見失う恐れはない。

背負った荷は、金品財宝に違いなかった。今夜、近江屋から盗み出した品々だ。

この数年来、上方の景気はよかった。戦乱続きの都も天下人が復興した。しかし、町が賑やかになれば犯罪も増加する。全国各地の戦乱がやみつつあるなか、都には食い詰め浪人が流れ着き、性悪な連中が盗賊稼業に走った。秀吉が刑罰を強化したことから、いまや都での犯罪は権力に対する挑戦に等しい。

だから、男がただの盗人なら、所司代に任せればよかった。どんな盗賊もいずれは捕縛され、拷問され、無残に処刑される。才蔵は正義漢ではない。義憤に駆られて、盗賊退治に乗り出す暇人でもない。

ここ数日、才蔵は身分を隠して近江屋の主人に接してきた。商人の語りは、さながら恰幅のよい腹から際限なく洩れ出る不安の煙のようだった。

「世間では、あれを義賊と呼んでおりますよ。なんという浅ましさでござろうか。妬み、嫉み、挙げ句の果てに、盗賊に襲われていい気味だ、天罰が下ったのだと笑いおる。それで連中が金持ちになるわけでもなかろうに、他人の落ちぶれる様を遠目に眺めて笑うのが、楽しいのですよ」

主人は、若者の品の良さを気に入ったようだ。才蔵はそうして上京したての若旦那を演じては、偏屈な旦那衆に取り入ってきた。情報集めはお手の物だが、案外、都の商人たちは簡単に口を割る。盗賊に怯えて眠れない疲れがあるのだろうが、それ以上に、大身の商人ほど腹を割って話せる相手が少ないようだった。

「商売敵が盗賊を雇って襲わせたりもしておるようで、いまは、だれ彼なく信用できませんでな。次は近江屋の番だと風評が立ち、客足も遠のいておりますよ。たしかに義賊サマとやら、景気のいいところばかり襲うようだが、次は近江屋の番などと申す悪い噂こそ、商売敵が立てたものでしょう。関白様の御贔屓にあずかってこの方、同業者の妬みはひどいもので」

それこそ、才蔵が近江屋に当たりを付けた理由だった。あの盗賊は、天下人と親しい大名や商人ばかり狙っている。庶民が義賊と持ち上げるのも、小田原征伐を終え、奥州も服従させ、ついに天下一統を成し遂げた天下人に吹っかける、無謀な喧嘩が痛快に映るからだろう。

「心中、お察しいたします」才蔵は同情を籠めて言った。「用心棒などお雇いになられては如何です？」

「むろん、雇っておりますよ。近江屋とて、清廉潔白とは言いますまい。しかし所司代は、感謝せねばなりますまいな。粗暴で凶悪、教養の欠片もない浪人どもを、わしのような者が雇っておるから、犯罪件数もこの程度で済んでおるのです。最近売り込みにきた者はお主と変わらぬ年恰好だったが、その醜いことと言ったら。まるで浮浪児でしたな。世も末ですかね」

才蔵は冷ややかに吐き捨てた。「浪人などは、すべて都から追い出してしまえばよいのです。それが役人の仕事でしょう」

近江屋は膝を打って喜んだ。表立って口にできない本音を代弁してくれたことが、嬉しいのだ。

「あなたと話しておると、若やいだ気持ちになりますな。おっしゃる通り、あのような下品な輩が往来をほっつき歩くのは、見ているだけで不愉快ですわ」

「番犬として召し使うなら、下品も役に立ちましょう」

しかし、近江屋が雇った用心棒たちは、まったく役に立たなかった。屋敷を監視していた才蔵は、連中が簡単に眠りこけたのを目撃した。薬を使ったか催眠術に掛けたか、いずれにしろ、盗賊はたやすく侵入した。

「義賊、か。売り文句にしてもくだらない」

男が屋敷から出てくるのを待ちながら、才蔵は冷ややかに吐き捨てた。

わざわざ新月の夜に盗みに入ったのだから、よほど夜目に自信があるのだろう。こそ泥程度なら、深い闇夜を一歩たりとも進めまい。

今夜姿を見せたことで、才蔵は盗賊の正体に確信を抱いた。

あれは、やはり忍びなのだ。忍びであることをやめた忍びだ。

相変わらず男は東に進路を取り、民家が絶えると小道に下りて駈けだした。東山に入られたら面倒だぞ、と才蔵は前方に聳える暗い峰を一瞥し、ここらで片付けるための段取りを立て始めたが、男は人家の絶えた坂道を駈け抜けると、そのまま寺へ入っていった。

岡崎の南禅寺だった。

才蔵もこれを追い、大きな山門をくぐって境内へ駈け込んだが、そこで男の姿を見失った。辺りに注意を配っていると——。

「やい、はぐれ狼。もちっと仲間を連れてこんと、わしの相手は務まらんぞ」

声のほうへ目を向けると、荷を背負った盗賊が山門の屋根に立っていた。足場を確認するように軽く飛び跳ねると、ボサボサ髪を揺らすように首を振り振り、激しく足を踏み鳴らし、芝居がかった大見得を切った。

「ア、絶景かな、絶景かな。京の都は眼の真下。天下人など知ったことかェ。わしの都がここにあるのだァ！」

闇に包まれる都を見下ろし、盗賊は豪快にカカと笑う。

才蔵は相手に構わず、山門の柱にみっつ手裏剣を打ち付けると、それを足場にして、またたく間に屋根まで登りきった。

早業に驚いたか男はおどけ顔を消し、背負った荷から慌てて長い太刀を引き抜いた。

「とはいえ、大立ち回りは好むまい。わしもだ」

刀を抜いておいて何たる言い草だ。

才蔵は反応しなかった。男は当てが外れたように刀身を肩に担いで嘆息する。

「お前で何人目の追い忍になるかの。いまさらわしを追ってどうなるのだ？　なぁ、伊賀の小僧よ。お前は道理を弁えぬ愚か者か？　抜け忍狩りなど、いまやゴッコ遊びに過ぎんだろうに。それでもなお果たし合いを挑むというなら、せめて、互いに名乗りくらいは挙げようではないか」

「抜け忍に名乗る名はない」

「ああ、そうであろうな。お前たちは、みな同じ台詞を吐く。まったくもって、つまらん輩だ。わしの名は――」

　才蔵は構わず、クナイを放った。クナイの尾には糸が結んである。細くとも頑丈でしなやかな糸だ。盗賊は大刀を振って弾き落とそうとしたが、才蔵が軽く糸をたぐると、クナイは相手の足元へ軌道を逸らす。再び才蔵が糸を引くと、クナイを錘にして糸がくるくると男の足首に巻き付いた。

　ギョッと男が足元を見たとき、才蔵はもう動いていた。糸の端を左手に巻き付けながら屋根の傾斜を下り、そのまま宙へと飛び出した。

　盗賊は重みに引っ張られまいと腿に手を掛けて引き寄せつつ、一方の手で糸を断ち切ろうと試みるが、才蔵の身体がその足首を支点に弧を描くから、足はぐいぐいと揺らぎ続けて安定しない。ようやく落ち着いたのは、才蔵が屋根に舞い戻って、その背後へ回り込んだからだ。才蔵は巧みに死角を突きながら、盗賊の周りをぐるぐる駈ける。足首から伸びた長い糸はどんどん相手の胴に絡み付き、ついには刀を握った右手もピタリと胴に貼り付く。ぐるぐる巻きに縛られた盗賊が、ぐう、と呻いた。

「小細工を、弄しおるわい！」

そう叫んで糸をちぎろうと腕に力をこめたときには、才蔵は二の矢を放っている。今度は鉤縄をまっすぐ、山門の先に聳える大樹の枝に向かって投げた。頑丈な枝に鉤が絡み付くと、盗賊をはさんで、大樹の枝と才蔵の間で縄がぴーんと渡った。胸の高さに張られた縄を警戒した盗賊が身を退こうとするところへ、才蔵は左手の糸を引き寄せた。盗賊は体勢を崩し、張り渡された縄に向かって倒れてくる。

そこへ才蔵が駆け寄るから、縄が少し緩んだ。才蔵はその緩みをたぐって相手の首に縄を巻き付けると、ぐい、と力任せに引いた。縄が喉輪に掛かる――が、さすがに盗賊はすんでのところで顎を引き、縛り首だけは阻んだ。

才蔵はじりじりと後退しながら、縄を引いてゆく。

盗賊はもう死にもの狂いだ。ようやく両腕を引き抜いて、太首に巻かれた縄の間になんとか指を差し入れた。

ならばと、才蔵は縄を鴟尾に引っ掛けて回し、手にした箇所を握り直すと、担ぐようにして引きながら盗賊のほうへ近づいてゆく。そうして十分に間合いを詰めると、左手の糸を手離して背から忍び刀を抜いた。

「伊賀の掟に背いたその首、ここで頂戴つかまつる」

容赦なく、男のうなじへ振り下ろした。


この盗人は伊賀にいたとき、名を石川文吾といった。

上忍、百地三太夫の直弟子だった。上忍の直弟子は珍しい。特に百地は、配下の下忍にも姿を知られていないと有名だった。そんな百地の屋敷に住み込んで修行する将来有望な忍びだったのに、あろうことか師匠の妻に惚れた。その頃、百地の妻は、夫が夢中だった若い妾に嫉妬していた。若い弟子に心が揺らいだのも半ばは夫への当てつけだったが、石川のほうは惚れぬいた女の頼みならなんでも聞くようになった。ついに妾の殺害にまで及んだのが運の尽き。上忍の女を殺してただで済むはずがない。石川は八十五両の大金を屋敷から盗み出し、百地の妻といっしょに里を抜けた。その逃亡の途上で足手まといとなった百地の妻をも殺害し、ひとり行方を眩ませた。

十年以上昔の出来事だった。

大罪を犯した逃亡者を、伊賀の掟は許さない。しかし、石川文吾の抹殺は叶うことがなかった。追い忍はことごとく返り討ちに遭い、そうする間に、石川は再び姿を隠したのだった。

それが近年、突如として、京の都に正体不明の義賊が現れた。

巷を騒がす天下の大泥棒、石川五右衛門その人だった。

忍術ほど、盗みに便利な技術はない。敵の根城に潜入して情報を盗むのに比べれば、商人屋敷から財宝を盗み出すのはそれほど難しいことではない。だから、忍びでなくなった忍びは、たいてい盗賊に落ちぶれるのだ。

石川文吾は盗賊団の頭目にでも収まったのだと才蔵は推測していたが、当の石川五右衛門は単独犯だった。抜け忍は死ぬまで追われる身だ。金目当てにいつ寝返るともしれない一味と行動するより、ひとり身のほうが安全だと思ったのかもしれない。

哀れな人生だった。

石川文吾は、才蔵にとって歳の離れた兄弟子に当たった。面識はないが、同じ上忍を師に仰いだ間柄なのだ。つまり才蔵もまた百地三太夫の数少ない直弟子、そして、最後の弟子だった。

石川五右衛門は観念したように俯き、顔を上げなかった。才蔵が刀を振り下ろしたときにも汗ひとつ掻かなかった。その覚悟は立派なものだと、才蔵はこれまで殺した抜け忍たちを思い出し、感心した。

忍び刀は、石川の首をきれいに切断した。墨汁のような粘つく液体が、顔を覆う布に掛かった。

首が落ちると縄が緩み、支えを失った胴体が崩れ落ちた。転げ落ちないようにとっさに足で踏み留めたとき、こつん、こつん、と音がした。

見ると、生首のほうが屋根を転がっている。才蔵はその首を取りに、落ち着いた足取りで屋根を伝った。百地様は積年の恨みが籠もった石川の生首を見たがるだろう。そう思った。

首だけになった盗賊は、髪結いの紐も千切れ、薄汚いボサボサ髪に死に顔が隠れていた。才蔵は無造作に髪をつかみ、抜け忍の哀れな末路を見ようと目の高さに掲げた。

そのとき――。

「……わしを憐れむのか、伊賀の小僧」

生首が喋った！

才蔵はギョッとし、思わず腕を伸ばして首を遠ざけた。いつもの冷静さを失った才蔵は、我知らず生首から視線を逸らし、髪の毛の一本が他よりずっと長く垂れ下がっていたのを見逃した。その一本を伝って火種が上ってきたのに気付いたときには、遅かった。

いきなり生首の髪が、轟！　と音を立てて燃え上がる。闇に慣れていた才蔵の目は、炎の光に眩んだ。闇のなかでは自在に見えていた目が、光の所為で一旦、遮られたのだ。

次の瞬間、生首が爆発した。その爆風に押され、才蔵は屋根から弾き飛ばされていた。

なにが起きたか、すぐに理解できなかった。

飛び散る瓦もろとも、宙に飛ばされた。顔を覆う布が剝がれ、額や頬に炎や瓦の破片がぶつかった。虚空へ飛ばされ、天地の見極めもつかない。

縄を手首に巻いたままだったのが、幸いした。才蔵は鉤縄に引っ張られて大樹の幹に激突し、右手を頭上に伸ばした状態で宙ぶらりんになった。燃える着物に気付き、火の粉を払いながら眼下を見下ろすと、地上は渦巻く粉塵に覆われていた。

慎重に縄から手を離し、煙立つ境内に飛び降りた。思いのほか疲労して着地が上手くゆかず、膝から先に崩れた。

才蔵は地に伏すほど頭を下げた。煙を吸わぬように手で口元を覆いながら呼吸を整えようとしたとき――。

煙に紛れて、首なし死体が立っていた。

首を失った盗賊が、大きな太刀で斬りつけてきた。才蔵は膝を崩したまま地べたを這って凶刃をかわすが、首なし死体はしつこく追って刀を突き立てる。なんとか膝立ちにまで態勢を持ち直し、後方へ飛び退いて間合いを取ろうとしたところへ、首のない盗賊が袈裟斬りに斬りつけた。飛び去る才蔵の眼前で、血飛沫が舞った。

「――チッ、外したか」

はっきり、そう声がした。

皮一枚斬られた才蔵の胸元に痛みは残ったが、その声を耳にして頭は冷静さを取り戻した。首がなければ、喋るはずがない。才蔵は闇のなかに隠れ場を探し、ともかく粉塵の外まで必死に逃げた。

「やはり、当てずっぽうでは踏み込みが甘いな」と、石川五右衛門の自省するような低い声が響いたと思うと、煙がはれてゆくなか、着物からにょっきりと首が伸びた。

　才蔵は気配を殺しつつ、起こったことを整理し始めた。

　――替えの首があったのだ。

　辺りを見回すと、破裂した生首が落ちていた。足元にあった破片を拾い上げた。木でこしらえた頭だ。気付かなかった自分が情けない。あの髭面を見たとき察するべきだったのだ。人形の頭と挿げ替えてもすぐには怪しまれないよう、石川は常に髪と髭で顔を隠しているのだろう。

「小僧、よくもふざけた真似をしてくれたなッ！」

　石川五右衛門が、狂ったような怒鳴り声を上げた。才蔵はほとんど怯えたように慌てて身構えたが、盗賊はこちらに背を向けている。山門の方角をきょろきょろと窺いながら、また言葉にならない怒号を上げた。

　よく見れば、背に担いでいた荷がない。

　煙はすっかりはれ、闇夜の境内に戻った。石川の右手には、糸が巻き付いている。さっきまで彼の身を縛っていた糸だ。石川が乱暴にたぐり寄せると、ぴーんと糸が張った。

目を凝らすと、糸の先になにかが見え隠れしている。

人影のようだ。

なんとも言えない不気味さを感じ、才蔵はその場を動けなかった。その人影がどこから出てきたか分からない。

様子を窺う才蔵とは打って変わって、石川は逆上に任せて駈けだした。右手に糸、左手に大刀を握りしめ、凄まじい速さで人影へ迫った。

勢いよく刀を振り下ろしたが、影はゆらりと一の太刀をかわし、宙に浮いたまま軽やかに振り返った。着地の瞬間に逃げ足を留め、ザザ、と地面を擦る音が聞こえると、そこでようやく実体化したように気配が生じた。

石川から奪った荷を担ぎ、両手を地に突かんばかりに低く身構えている。

ずいぶん小柄だった。子供だ。大柄の石川を前にするから、なおさらそう見える。

山門を背にした石川が、その小男を境内へ押し戻そうとじりじり間合いを詰めてゆく。

「わしの荷を奪う機会を窺っておったか。いままで気配を感じさせなかったのには、恐れ入ったぞ」

「いやいや、生首の爆発もなかなか面白かった。身代わりの首まで隠していたとはさすがだが、種がバレればたあいない。奥の手だったんだろうがね、あいにく俺は火遁じゃごまかされんのでな。似た者どうしってわけだ、盗人」

小男は喋りながら荷に刺さったクナイを抜き、糸を引きちぎった。そのクナイをサッと構える。石川は構わず、間合いを詰めてゆく。

「荷を置いていけば、見逃してやろう。だが、その荷を担いで一歩でも動けば、死ぬほど後悔することになるぞ」

「死ぬほどの後悔なんて、もう起こらんよ」

小男のほうが、石川に向かって突き進んだ。石川は刀を振り上げて応じ、大刀の間合いに入ったところで迅速に振り下ろす。小男が器用にクナイで受け止めたとき、激しい炎が起こった。闇を払った火勢に押され、石川が仰け反る。彼の目が眩んだところへ盛る炎を突っ切ってクナイが飛ぶ。盗賊はほとんど伏せるようにして、大げさにそれを避けた。

両手の空いた小男は印を結び始めたが、才蔵は印の形を見切れなかった。おそらく、石川もそうだっただろう。印の途中で小男が口から火を吹き、石川は炎に包まれたからだ。

どういう仕組みか、小男が息を吹きかけると炎が大きくなってゆく。石川が燃える着物を脱ぎ捨てる間に、小男は姿を消した。石川は敵の姿を見失ったが、才蔵は盗賊めがけて落下してくる小男を見た。いまの一瞬でどれだけ高く飛んだのかと、才蔵は息を呑んだ。

クナイを弾かれた小男は無手なのに、その爪で裂かれた石川が呻き声を上げた。肩口の肉が深く抉られ、出血している。ずいぶん奇妙な術を用いるものだと、才蔵は猿のような身のこなしの小男を観察し続けた。

再び小男は気配を消し、闇に紛れた。石川は剝き出しの肩口を押さえて辺りを見回したが、すぐに当たりをつけて勢いよく手裏剣を放った。闇のなかを宙返りする影があったが、着地の音は聞こえない。

手だれの忍びだ、と才蔵は素直に認めた。

同時に、自分がいいように利用されたことも認めた。盗賊を追う後をつけられた。それからずっと息を潜めて才蔵と盗賊の戦いを見守っていたのは、荷を奪う機会を窺っていたからだ。石川ばかりに意識が向いていたとは言え、才蔵は小男の気配にまるで気付かなかった。

「浅ましい盗人め」盗賊は焼け残りの着物を破ると、傷口を縛りながら吐き捨てた。

小男は飄々と、「盗人はあんただろ。俺はこう見えて、近江屋に雇われた用心棒さ。あんたにやられた先輩方の尻拭いにきたんだよ。遠くまで付き合ってようやくいただいた品だ、渡すわけにはいかんね。俺に構わず、あんたたちは勝手に殺し合ってろ」

「そうはいくか」

応急処置を済ませた石川はすぐさま突進し、大刀を振り上げる。

そこへ、才蔵がふたりの間に割って入った。忍び刀で凶刃を受け止める。石川は驚いたように小ぶりな目を見開き、忍び刀の間合いの外まで退いた。

忍びは計算高く、目的のためなら手段を選ばない。才蔵は盗品に興味はなく、抜け忍の首が欲しい。小男はその逆だ。これなら競合せずに互いの利害が一致する。

そんな才蔵の打算を見抜き、石川があざ笑った。「なんじゃそりゃあ。ふたりでなら、分があると思うたか。一足す一が、必ずしも二になるとは限らんのだぞ。どうも、お前たちは相性が悪いように見えるがな」

余裕ありげに大口を叩くが、もはや盗賊は才蔵を相手にしていなかった。

「おい、盗人の小僧。わしは都を騒がす大泥棒、石川五右衛門だ。仕切り直す前に、お前の名を聞いておいてやろう」

「名はない」小男は憮然として答える。

「その返事は聞き飽きたわい。名無しの権兵衛を殺しちゃ見舞金が出せんだろうが」

減らず口なら小男も負けない。「俺が死んでも敵討ちに来るお人好しはおらんから、そう怯えるな。だが、素性も分からぬ小僧に殺されては死にきれんと言うなら、そうだな――」

小男は無造作に頭を掻き、それから自分自身への戒めでもあるような渋面をこしらえ、

「――戸沢流」と、憎さげに吐き捨てた。

奇妙な忍術使いだと思っていたが、才蔵には聞き覚えのない流派だった。

いきなり、石川が狂ったように笑い出した。「面白い戯れ言を言う。性根は腐っておるが、気に入ったぞ。わしは、角の生えた兎を見ておるのか」

「ああ、そうとも。戸沢流はあり得んとみな笑う。怒り出す者さえいる。戸沢白雲斎が弟子などとるかと決まり文句のように言うが、お前たちがいったい白雲斎のなにを知っている？　この世には知ったかぶりのバカしかおらんから、俺は仕官もかなわず、用心棒などしてつつましく暮らしているのだ。哀れだと思うなら、もう俺に構うな。馬鹿野郎」

不貞腐れて去ろうとする小男の手首を、才蔵は振り向きもせず摑んだ。

「おい。なんだ、この手は？」小男が乱暴に払う。

「あの男は賞金首だ」才蔵はやはり振り向かずに言う。

石川が笑う。「伊賀の忍びともあろう者が、情けないことを言うではないか。追い忍なら、わしの首などひとりで獲ってやるくらいの気概がないものか」

才蔵は答えない。抜け忍の挑発に乗るほど、才蔵の誇りは安くない。

「あんなしょぼくれたおっさんの首に価値はあるまい」小男は面倒そうだ。

「やいやい、世間知らずの子猿め！　わしを誰だと思っておるのだ。――ア、知らざあ言って聞かしやしょうか。この石川五右衛門、そんじょそこらの悪党じゃあ、ござんせん。天下人から追われる札付きのワル、天下のお尋ね者たァ、ア、俺のこってェ！　天下を乱す大悪人、石川五右衛門の本物の生首を持参すれば、どこの大名も三顧の礼でお前を迎えるだろうさ」

挑発に乗ったと見せかけて、石川も小男を引き止めるのに必死だった。

子猿のほうは担いだ荷へ目を遣り、「金か」と、呟いている。どうやら、その気になってきたようだ。

高慢で傲慢。たしかに似た者どうしだと、才蔵は思った。火遁使いにありがちな、後先を考えない激情家だ。

「せいぜい、足を引っ張るなよ」小男が真顔で才蔵に警告する。

こっちの台詞だ、と才蔵は言わない。

すでに、冷血な暗殺者の仮面を取り戻していた。


――初めて人を殺したのは、七歳のときだった。

天正九年九月、織田信長の大軍が伊賀の里に攻め込んだ。六つある里の入り口すべてから、総勢四万の武士が攻め寄せた。降って沸いた襲撃は、伊賀の村々を一方的に蹂躙した。忍びたちは村を守りきる間もなく上忍に招集され、織田軍の各個撃破に駆り出されたが、敵は多勢で、分散した各隊に対抗するにも伊賀の忍びは少数だった。

才蔵の村は、初瀬口から侵入した浅井長政率いる七千の騎馬隊に攻められた。本来なら山岳に陣地をとり、隘路で奇襲を仕掛けるのが、楠木正成以来の忍びの戦法だが、急襲された伊賀衆には陣容を整える時間の余裕がなかった。

あちらこちらで火の手が上がった。刈入れを控えた稲が燃え上がり、火の粉を振り撒く屋敷は音を立てて崩れ、炎の間を縫って逃げ惑う住人の悲鳴は絶え間なかった。

焼け出された女子供に至るまで、槍や鉄炮で殺された。炎熱と阿鼻叫喚の地獄はやむことなく、幼い才蔵の耳にこびりついた。

皮膚を焦がす炎のなかを、才蔵は母に手を引かれて逃げた。追ってきた騎馬が槍を振り回し、才蔵をかばった母が背中を斬られた。行き掛けの駄賃とばかりに母を斬った騎馬武者は、とどめを刺さずに駈け去った。

悲鳴を上げようとする才蔵の口を、母の手が封じた。しかし母は力尽き、その場にうずくまると才蔵を胸元に引き寄せて背を丸めた。節操なく飛び交う矢が、母の背に降り注いだ。幼い我が子だけはこの地獄にさらすまいと、母は強く強く才蔵を抱きしめて、庇った。

馬の蹄と足軽の雄叫びが轟いていた。火炎はますます激しくなり、やがて村全体を焼き尽くすだろう。母の意識は朦朧としていた。いまや才蔵を守りぬきたいその一念で命を繋いでいるようだった。

母の温もりに包まれ、才蔵はずっとこのままでいたいと思った。

そのときだった。穏やかに語りかける声を聞いたのは。逃げ惑う村人も、殺戮に走る侵略者も、誰ひとり立ち止まる者などいないのに――。

「殺せ。その縁を断ち切れ」

母の腕の陰から見たのは、亡霊のように影の薄い、長身の忍びだった。本当にそこにいるのか疑わしいほど気配をいっさい感じさせない男は、混乱と殺戮の炎に包まれた村で、ただひとり超然と立ち尽くしていた。敵勢はまるで彼の姿が見えないように通り過ぎてゆくのだ。

それが、四方髪の丹波だった。

「そこにいれば、敵に見つかる。死にたくなければ、母を振り切ってひとりで逃げろ。しかし、今生の力を振り絞ってお前を守るその腕は振り切れまい。だから、さっさとその女を殺し、お前ひとりで逃げるがいい」

そんなこと、できるはずがなかった。命懸けで守ってくれる母を見捨てることもできないのに、どうして殺すことができようか。

むしろ才蔵はいまの冷酷な言葉が、母の耳に入ったのではないかと怯えた。だが、振り仰いだ母の顔は満ち足りたように微笑むばかりで、眼前に佇む忍びに気付いてさえいなかった。

母の温かさを全身で感じる。母の涙を肌で感じる。すでに彼女は致命傷を負い、自分が助からないと悟っていた。そんな死の際にいるというのに、満ち足りた表情を崩さなかった。

突然、才蔵は、仮面のように貼り付いた母の笑顔を恐ろしく感じた。

母は笑っている。我が子を守ろうとする意志だけが、衰弱した母の心に情念となってわだかまり、この場所に才蔵を留めておくことの危険にまで考えが回っていないようだった。

「早くしろ」と、亡霊めいた忍びが促した。

才蔵は震える手で懐から脇差しを抜いた。それを逆手に握りしめると、振り返ることなく背後にある母の心臓めがけて突き刺した。

短い呻きが聞こえ、それきり声はなかった。横目に見上げた母の顔は、現実を取り戻したように、受け入れがたい絶望に直面した恐怖で歪んでいた。それでも、彼女の両手はいっそう強く才蔵を抱き寄せた。

底なしの母の愛情が才蔵の身を守り、才蔵を滅びゆく村に縛りつける。だから仕方なかったのだと、才蔵は思った。渾身の力を籠めて刃を抜くと、滝のような返り血で才蔵の全身が赤く染まった。

死んでも我が子を守りぬく覚悟だった母の両腕が、だらりと地に落ちた。倒れかかった母の重みから、才蔵は抜け出す。温かさは、もうなかった。

血まみれの才蔵は、村に渦巻く炎と怒号を睨みつけ、この世のすべてを呪った。最期まで愛してくれた母を手に掛けた自分自身を、最も呪った。

「ついてこい」

幽霊のような忍びが何事も起こらなかったように告げる。

才蔵もまた彼と同じく、誰の目にも映らぬ化け物に変貌した気がした。母の返り血に染まったまま山へ逃げ込んだとき、自分が人ではなくなったと自覚した。

四方髪の丹波とともに幾つもの山をさまよって、大和国吉野山まで落ち延びた。その山奥にある廃墟同然の古い社に連れてゆかれた。

蜘蛛の巣があちこちに目に付く、いまにも崩れ落ちそうな社殿に入ると、奥まったところに老人がひとり、腰を下ろしていた。油皿に浸した灯芯が炎を立てていた。火を見たくなかった才蔵が顔を俯けたとき、四方髪が事務的な口調で、「百地様だ」と、耳打ちした。

才蔵は驚き、反射的に跪いて深く頭を垂れた。「百地様」は、下忍にとって名前だけの存在だった。父や祖父も、上忍に会ったことはない。手下に顔を覚えさせないのが、伊賀の上忍のあり方だ。だから百地三太夫の顔を見た者は、下忍の村にはひとりもいなかった。

襲撃の夜以上に、才蔵は震え上がった。それとも、自分如きが上忍と顔を合わせる異常さこそ、故郷が滅んでしまった証に感じて、恐ろしさが込み上げたのだろうか。

おそるおそる見上げた百地三太夫は、しなびた老人だった。顔はしわだらけで、頬がこけていた。髪も髭も白く、細く、乾燥していた。両手を杖に掛けていたが、その指先が骨張ってみすぼらしい。骨と皮だけという体格だった。か細い灯の周りを数羽の蛾が飛び、その影がさびれた社の壁で大きく揺れた。蛾の姿よりも、影のほうがよほど大きかった。

百地三太夫は杖に身を預け、ヨロヨロと立ち上がった。才蔵は緊張し、生唾を呑んだ。上忍が近づいてくることが、現実の出来事に思えない。

幽鬼のような頼りない足取りだった。足音も杖を突く音もない。才蔵はまた生唾を呑んだ。百地の顔を見つめられず、埃の積もった床に目を落とした。

百地三太夫は目の前まで来ると、震える手で才蔵の頭を撫でた。

「――よくぞ、生き残った」

と、涙声が聞こえた。

才蔵が顔を上げると、百地はたしかに泣いていた。上忍は冷酷非道で、下忍の生き死になどにはまったく関心がないと思っていたのに。

そのとき百地の無念が、不思議と才蔵の心にスッと入り込んだのだ。これほど誰かと気持ちが通じたことはないと思ったほど、百地の心がよく分かった。伊賀の里を蹂躙した信長への怒り、里を明け渡さざるを得なかった無力感、故郷が崩壊した悲しみが、一挙に才蔵の心を満たした。

水気のない骨張った指に頬を撫でられながら、才蔵は、自分が百地三太夫その人であるかのように錯覚した。魂を抜かれたように呆然としながら、才蔵の口からするすると言葉が洩れた。

「百地様が生きておいでだったことこそ、有り難く存じます」

気付けば、才蔵も泣いていた。まるで老人の渇いた指を潤そうとするように、涙が止めどなく頬を伝った。

「伊賀は亡びぬ」

膝を落とした上忍が、指先で才蔵の目元をぬぐった。「百地の係累は伊賀に留まり、伊賀のために生き、伊賀とともに死んだ。今度の殺戮から逃れた忍びたちは、いつの日か、伊賀の里を再興するべく立ち上がるだろう。伊賀とは、お前たち忍びのひとりひとりが生きている場所だ。伊賀とはお前が現にいる場所、生き残ったお前が伊賀なのだ。この身は、もはや老いぼれた。長くは持たぬ。だから、お前に伊賀を託す。わしの最後の弟子になれ。百地流忍術をお前に伝授しよう。掟に背かず、正しい道を歩みつづけると誓うのだ。お前が伊賀であることを、いまこの場で、お前自身に誓うのだ」

才蔵は迷わなかった。伊賀に生まれた才蔵には、伊賀とともに生きることは、当たり前のことだった。

「けっして百地様のご命令に逆らわず、立派な伊賀の忍びとして命を捧げることを誓います」

「伊賀は亡びぬ。けっして亡びぬ」百地はうわ言のように繰り返した。

行灯の周りを飛んでいた蛾がまっぷたつに断たれ、板床に落ちていた。いつ死んだのか、才蔵には分からなかった。

壁に映った才蔵の影が、大きく揺れた。

抜け忍の始末は、伊賀の結束を強めるのに必要な通過儀礼だと教えられた。大事なのは掟だ。裏切り者を処罰することだ。故郷を失っても掟が守られていれば、伊賀が滅ぶことはない。

諸国を巡って任務を遂行することは、才蔵の喜びだった。裏切り者を殺すたび、才蔵は自分のなかに伊賀があることを実感した。だから、才蔵は孤独ではなかった。与えられた任務を果たすことで、才蔵自身が伊賀であり続けた。

才蔵の元には、四方髪の丹波が任務を伝えにきた。彼が用いる四方髪の術は、神出鬼没の忍術だ。才蔵がどこにいても、四方髪の丹波は簡単に行方を突き止めた。そしてなにより、気配をまったく感じさせず、面と向かって話していても、幽霊のように現実感がない。これほど完全な暗躍を可能にする忍術があることを、才蔵は彼を知るまで想像もしなかった。

「お前の働きに、百地様は満足しておられる。伊賀のあるべき姿の体現者として、お前はかけがえのない忍びだ」

四方髪の丹波は、才蔵の憧れだった。そんな四方髪に褒められると、いつも才蔵は満足した。

月日が流れ、才蔵の存在は「同族殺し」として周知され始めた。任務の最中、抜け忍から直接、恨み言を言われたこともあった。

「いつまで伊賀の幻にすがっているのだ。伊賀は滅んだ。里がなければ、上忍も下忍もない。お前がしていることは、無意味な人殺しではないか」

「伊賀は滅びぬ。けっして滅びぬ。伊賀を裏切り、伊賀を捨てた忍びが伊賀の再興を妨げる。伊賀の掟を裏切った報いは命で償え」

「同族殺しが伊賀を語るな！」

その任務は、才蔵が葛藤した最後の機会だった。四方髪からその抜け忍の名を告げられたとき、才蔵に残されたわずかな人間の欠片が激しく疼いた。

このとき殺さねばならなかった抜け忍は、父だったのだ。

才蔵にとって伊賀とは、家族との繋がりだったはずだ。同じ屋敷で暮らし、愛情を注いでくれた家族との生活だったはずだ。いつからそうでなくなったのだろう。どうして父と再会したとき、いっしょに暮らしていこうと言えなかったのだろう。

父は、自分が「同族殺し」と罵った相手が生き別れた我が子だと、最後まで気付かなかった。それが幸か不幸か、才蔵には分からない。

父と対峙した払暁の山裾は霧に包まれていた。父は才蔵の動きにまったく追いつけなかった。気配を読み取る能力にも欠けていた。

つまるところ、父は優れた忍びではなかったのだ。ここで逃がしても脅威となる相手ではなかったのだ。才蔵には、それが悲しかった。父を殺したことよりも、忍びとしての才能に恵まれない人だったことが悲しかった。彼が優れた忍びだったなら、その場で才蔵を殺して生き残れただろうに。

その日を境に、才蔵は抜け忍と語らなくなった。


小男は軽やかに石川五右衛門の頭や肩に手を突いて、まるでからかうようにひらりと舞っては背後へするりと回り込む。対応する石川の動きは粗雑に見えてムダがない。背後をとられる寸前に身体の向きを変え、手にした大刀で応戦するから、小男は間合いに入れない。そこで小男は間合いの外まで距離をとりつつ、辻芸人のように口から火を吹き、その炎を隠れ蓑に矢継ぎ早に手裏剣を打つ。石川は身体の中心に刀を立てて防御し、急所への傷を避ける。

　石川は炎を怖じずに詰め寄るが、小男の炎は死角として機能する。再び、猿のような身のこなしで、石川の攻撃をすり抜けて回り込む。石川はまた蠅を払う牛のように刃渡りの長い大刀を振り回し、大きな動作で牽制する。

　結着が長引きそうな消耗戦となってきた。

　戦況を把握し、才蔵は彼らから距離をとった。両の手甲を脱ぎ捨て、左の袖をまくり上げる。露になった左腕には、びっしり印の刺青が彫ってある。才蔵はまず、右手の人差し指と中指を伸ばして刀印を結び、宙に、五本の線を横向きに描いた。ひとつの線を引くごとに、一字一字を強く念じた。

——臨。兵。闘。者。皆。

　さらに、縦に四本の線を引いて、やはり文字を籠める。

——陳。列。在。前。

　そうして縦横に交差した九本の線は、長方形の呪術防壁を形作る。十二枡に区切られた見えざる平面図がスーッと才蔵に忍び寄り、貼り付き、そして全身を包み込んだ。

九字護身の法は、術者の集中を高めるまじないだ。

才蔵は九字のひとつ、「皆」の一字に意識を置き、結んだままの刀印を左腕の刺青に乗せて、真言を唱えた。

「ナウマク、サマンダボダナン、キリカ、ソワカ。種子が変じて心の臓となり、さらに変じて荼枳尼となり、また荼枳尼変じて文殊菩薩となり、文殊菩薩変じて再びさらに荼枳尼となる。ナウマク、サマンダボダナン、キリカ、ソワカ。ナウマク、サマンダボダナン、キリカ、ソワカ」

皆、の一字が変成して梵字となり、その文字がうごめく幻獣のように才蔵の腕の上を舞った。実体を持たない煙のようなそれは、才蔵の左胸めがけて突進し、そのまま心臓へと入り込んだ。

ドクン、とひときわ強い動悸に襲われる。

臓腑の底から沸き上がる激しい熱のために、皮膚が紅潮した。鼓動が恐ろしく迅速になる。代謝機能が促進し、全身から汗が吹き出す。皮膚の表面まで熱を帯びてくると、流れる汗がたちまち蒸気となって才蔵の身体を防御壁のように覆う。

次第に、才蔵は汗のひとつひとつに肉体が分解してゆくように感じる。

己を消して、世界に溶け込ませる。それは、才蔵が憧れた四方髪の丹波の術にも似た、完全に気配を殺す暗殺術だった。

――忍法、霧隠れの術。

才蔵はいつも追う者だった。逃亡者を囚われへと追い込む術を、百地三太夫から授かった。この無辺なる現実世界を、このくだらない現実を、意味ある仮想の物語空間へと限定し、術者がその虚構の支配者となって統治する。統治者はけっして姿を見せない。伊賀の上忍が、下忍に正体を知らせないように。

汗ばんだ両手を大地に乗せると、身体が土中へ消えてゆくような感覚を得る。熱せられて蒸気を発する我が身が土と同化する。さらに地中に蓄えられた水分に才蔵の意識は写り込み、身体まで液体と化す頼りなさと快さが、同時に訪れる。

地中の水分が蒸気となって沸き上がる。立ち上った蒸気はすぐさま地表の温度で凝結し、無数の水の粒子となって辺り一面に漂い始める。

すなわち、霧が生じる。

才蔵の意識は、その霧を構成する粒子ひとつずつに溶け込んでゆく。

才蔵の肉体もまた霧の粒子と化し、消えてゆく。

逃亡者を霧の迷宮に閉じ込め、外の世界から断絶させる強力な結界術だ。

霧中に溶け込んだ才蔵を捕らえられる者はいない。霧と化した才蔵は、霧中の結界における無敵の狩人だった。


「おい、伊賀の小僧……?」

ようやく、石川五右衛門が仕掛けに気付いた。すでに才蔵の気配は消えた。突如出現した濃霧に包まれ、彼らの視界も閉ざされた。小男の放っていた炎も掻き消えた。小男はきょとんとした顔で辺りを見回し、石川が苛立ったように声を荒らげる。

「百地に、なにを埋め込まれたッ!」

その石川の背後に、才蔵はいる。慌てず、穏やかに、盗賊の首筋へクナイを突き立てた。石川は動物的な勘で急所こそ外したが、クナイは首の付け根に深々と突き刺さった。苦悶に喘いだ石川は、その痛みを打ち消そうとするように大刀を振った。

刃は才蔵の身体をむなしくすり抜け、石川はたたらを踏んでよろけた。

「これは、水遁か」小男が平坦な顔つきで、摑もうとするような手つきで霧に触れた。「逃亡でなく攻撃に、遁甲術を応用したものか」

盗賊は深い霧の所為で彼を襲う追跡者の姿を見失った。汗をほとばしらせながら見えざる奇襲に備え、しきりに首を前後左右に振り回す。

さきほどは見逃した人体の徴候を、才蔵はしっかり確認した。汗。それに、首からは血が流れている。今度は、替えの首ではない。

盗賊は首筋のクナイを抜くと、一旦姿を隠そうと逃げ出した。術の得体の知れなさを察したようだが、手遅れだ。霧は石川も小男も包み込み、境内の一画に張られた結界になっている。霧の外に、もう世界はない。

小男が果たした役割に、才蔵は満足した。霧隠れの術の弱点は、発動までに時間が掛かることだ。よく盗賊の気を惹き、時間を稼いでくれた。

すでに石川は霧中の迷宮に囚われ、どこへも逃げられない。この忍術は幻覚や催眠術の類でなく、世界そのものを変質させる神仏の神通力だ。

「石川殿！　どこにおられるのです？　約束の刻限はとっくに過ぎておりますぞ！」

突然、何者かの声がした。霧の外から聞こえた。

石川が大声で応じた。「わしは無事だが、手違いがあって品を盗まれた。いま取り返しているところだ」

「なんですと？　香炉は無事なのですか？」声が大きくなった。こちらへ近づいているようだ。「どこにおられるのです？」

霧の外には、風呂敷包みを背負った忍び装束の若者がいた。山門の近くをうろうろしている。見たところ、二十歳そこそこの若者だった。

どこかで見覚えのある顔だ。

「いったいなんなのだ、この霧は……」

山門をくぐって境内に入った若者が、無警戒に近づきながら独り言をもらす。石川が怒気をはらんだ声で警告した。

「その霧に近づくな!」

「え?　なんですって?」

霧の外にいる若者の姿を石川は見ることができないが、その察しの悪さにイライラが嵩じたか、「さっさと霧を吹き飛ばせ!」と、やにわに怒鳴った。

「あ、はい。わかりました」

……わかりました?

なにをする気だと懸念し、才蔵は邪魔者の始末に向かった。霧の外へ歩み出ると、若者は山門の麓で風呂敷包みを地べたに置いて開いているところだった。

整った顔をしている所為で、その間抜けさが際立つ。慎重に開いた風呂敷から、石川五右衛門の生首が幾つか転げ出た。

先刻、爆発した生首と同じものだ。それでは、あの生首にも火薬が仕込んであるのだろう。

「では、霧を吹き飛ばします。石川殿、離れていてください」

わざわざ大声で宣言し、火打石を構えた。その上、気合を入れるためか、深呼吸までする悠長さだった。

「……え？」

若者は吸った息を吐こうとした刹那、目の前にいる才蔵に驚き、生首を抱えてひっくり返った。尻餅ついたまま後ずさろうとする彼の髪を、才蔵はきつくつかんだ。

間近で見ると、ますます既視感が強まった。これはどこで見た顔だったか。

「何者だ？」

すると、若者はつっかえつっかえ、早口にまくしたてた。「わ、私は甲賀の忍び、望月流忍術使いの望月六郎と申します。怪しい者ではございません。かく問われるあなたのほうこそ、何者ですか？」

忍びのくせに怪しくないとはよく言えた義理だが、真っ正直に名乗ったことにも才蔵は呆れた。しかし、名に聞き覚えはない。そこで才蔵は興味を失い、望月六郎が抱える人形の頭を奪って遠くへ投げた。

「あ、なにをなさる」と、やはり間の抜けた顔つきで、望月が振り返る。

「どうした、六郎！　なにをしておる？」石川五右衛門の怒鳴り声が少しばかり上ずったのは、きっと才蔵に追われていると思って、霧中をやみくもに走っているからだろう。

望月はじっと才蔵を見つめた。

「そうですか、あなたが石川殿から品物を奪ったのですね」その口ぶりは才蔵を責めるようでなく、むしろ懇願するようだった。「他の品々は差し上げますから、どうか千鳥香炉だけはお返しください」

「千鳥香炉？」才蔵は眉根を寄せた。

「あなたも忍びなら、天下人が忍びをどう扱おうとしているかご存じでしょう」と憤りを籠めた口調で言った後、ハッとして口を噤み、それから尻すぼみに続けた。

「もしや、あなた豊臣方の――」

急に、望月六郎の面構えが変わった。素早く煙玉を地面に投げて破裂させると、粉塵に紛れるように後方へ飛んだ。

才蔵は動かない。煙のなかに取り残されても慌てなかった。「なるほど。望月と言えば、甲賀二十一家のひとつ。秘伝の火薬調合術を覚えていても不思議ではない」

抜け目ない盗賊が火薬を巧みに扱う忍びに目を付け、仲間に引き込んだ。ありそうな話だ。才蔵はこの望月も抜け忍の一味と看做し、そっと地面に両手を乗せた。

「ナウマク、サマンダボダナン、キリカ、ソワカ」

真言を唱えると、地中から蒸気が噴き出し、煙を押しのけてゆく。

姿をさらした望月六郎の全身が濡れていた。火薬も煙玉も湿気って使い物にならない。

「五行相克。火では水に勝てんぞ」

そうして才蔵が近づこうとすると、技倆の差を悟ったものか、望月六郎は逃れようとして自ら霧の結界へと逃げ込んだ。

才蔵は望月六郎に手を下していない。しかし霧のなかに戻ると、望月が俯せに倒れていた。動かない望月に警戒して頭を爪先で蹴ってみたが、反応がない。

突然、ピーッと警告でも発するような甲高い音が響き渡った。

足元を見ると、青磁の香炉が置いてあった。両手で抱えられるほどの大きさの調度品で、上蓋に小鳥の飾り彫刻が乗った美しい焼物だった。

その小鳥が狂ったように鳴いている。——ように見えた。

「……千鳥香炉、か」

さっき甲賀者が返してくれと願った香炉だ。おそらく望月は霧に突入してすぐ、この香炉を発見したのだろう。

だが、なぜ倒れている？

ただならぬ様子に周囲への警戒を強めたとき、才蔵の身体に激しいしびれが走った。呼吸が苦しくなり、こらえきれず膝を突くと、それきり身体に力が入らなくなった。

石川がどこかで喋っていた。「小僧よ。他人の荷を漁るのは、よい趣味とは言えんぞ」

才蔵に話しかけているのではなかった。

「自分の持ち物みたいに語るのは、いい加減によせ。あんたの生首でも残っていれば破裂させて霧を吹き飛ばしたいところだったが、考えてみれば、この霧のなかじゃすぐに火種が消える。香炉があって助かったな」

才蔵は香炉をはね除けようとしたが、どうしても腕が上がらない。

小男が勝ち誇ったような口ぶりで続ける。「なかなか胸くそ悪い思いがしたぞ、この野郎。だが、この手の妖術は見慣れてるんだよ。対処法だって、よくよく考えたもんさ。いいか、色男。俺がこの世で一等嫌いなのが水遁と分身だ、クソ野郎。雲とか霧とか、吐き気がするほど大嫌いなんだよ。あー、どこにいるかまったく見えんが、聞こえてんだろ」

この香炉は、熱せられると上蓋の飾りに空いた穴から吹き出す蒸気で、笛のように音が鳴る仕組みらしい。その香炉に毒薬を仕込んだのだ。熱せられて蒸気となって噴き出した強力な毒素を、才蔵は吸い込んだのだ。

こんな玩具に不覚をとったことが悔しかった。

霧がはれかけていた。術が解けかけ、結界が破れている。

石川五右衛門が近づいてくるのが見えた。布で口元を覆った盗賊は、おもむろに香炉を拾い上げ、慎重に上蓋を開けてひっくり返した。そして地面に落ちた燻る火種を踏み消すと、望月六郎の様子を窺うために屈み込んだ。

すぐ側に倒れている才蔵には、目もくれなかった。

急速に、身体が冷えてきた。水の粒子に同化していた肉体が凝固し、再び才蔵自身の形に戻ってゆくような気分だった。

才蔵は荷を背負って逃げようとする小男を目に留めた。望月を介抱している石川は、小男に見向きもしなかった。

「よくも、裏切ったな」

才蔵は声をしぼり出した。ほとんど聞き取れない掠れ声だが、喋ってでもいないと気を失いそうだ。

小男は足を止め、驚いたような顔をこしらえた。「負け惜しみなど言わない男かと思っていた」

「覚えていろ」やはり、才蔵の声は弱々しい。

「そもそも味方だと言った覚えもないが、お前だって俺をだまして霧に閉じ込めたんだ、おあいこだろ。ともかく、お前がいてよかった。いい取引ができたからな。香炉は置いていくが、小判は俺のものだ。近江屋に行くことがあれば、亭主に慰めの言葉でも掛けてやれ。俺はあの屋敷には近づかんから。じゃあな」

「逃がすか、卑怯者」

しかし、すでに小男は姿を消していた。境内の奥に聳える山端から朝日が射して、新しい一日の始まりを告げていた。

その日射しを背に受けながら、石川五右衛門が立ち上がる。望月六郎を肩に担ぎ、片手には千鳥香炉を握っている。

「さて、この始末はどうつけようかの。伊賀の小僧」

才蔵は地面に食い込んだ指を動かそうとしたが、ピクリとも動かない。これでは印も結べない。やはり単独で任務に当たるべきだったのだ。他人を頼みにしたのが運の尽きだ。忍びの最期なんて大抵こんなものだろう、と才蔵は観念し、穏やかに目を閉じた。

手足を糸に繋がれて、自分の意志では動かせない。けれど、才蔵の身体は動いている。手足に絡み付いた糸を用いて、誰かが人形のように動かしている。

——そんな夢を見た。

父親の咽喉を掻き切ったとき、才蔵は霧に包まれていた。それからずっと、霧中をさまよい歩いている気がした。夢中での足取りは重い。

狭く限られた霧のなかに安住し、感情を押し殺し、他者の目から消え失せた。霧の世界は夢と同じように、現実から遠くかけ離れている。

母を殺し、父を殺し、自分の罪から逃げ続けた。百地三太夫は、才蔵の罪を肩代わりしてくれる都合のよい主人だった。道に迷わないように、才蔵という個人を奪ってくれた。だから才蔵には人生への責任がなく、自分がなかった。

糸が、執拗に才蔵の手足を動かしている。もう疲れた、休ませてくれ。だけど、才蔵の気持ちを汲むことなく、見えざる人形遣いは才蔵を操り、いつまでも踊らせる。

伊賀が滅んだとき、生きる目的を失った。百地が新しい人生をくれた。伊賀の下忍は上忍のために生きる。すべてを失った才蔵は、上忍が生きていたことが本当に嬉しかったのだ。そして百地は才蔵に、伊賀のために生きるという、虚構の物語の登場人物としての役割をくれた。上忍から指示された通り演じ続ける才蔵は、幸せだった。

振付師がどこにいるのか、知らない。

「――それのなにが悪い！」

才蔵は叫ぶ。みんな、そうじゃないか。伊賀の下忍は、ずっと上忍の正体を知らないまま、それでも命じられるままに生き、死んでいった。任務に出たきり帰ってこない下忍の葬式は行われなくても、村人は当たり前のように、あの人はもう死んだんだ、と噂した。

才蔵も同じだった。違うのは、その死を悼む人がいないことだけだ。立派な忍びだったと褒めてくれる人さえ、もういない。百地や四方髪の丹波は、駒がひとつなくなったと呆れるだろう。結局、使えない駒だったな、と失望されるだけだろう。

……それの、なにが悪い。

これまで何度も、同じ疑惑にとり憑かれた。百地三太夫は、才蔵が吉野の山奥で初めて会ったときすでに、相当な高齢だった。まだ生きていると考えるには、幾つか無理を通さねば不可能だった。それでも稀代の忍術使いなら、不死の法くらい会得しているのではないかと考えた。自分を納得させるためにムリヤリひねり出した妄想で、どこにも確証はなかった。

頭が痛い。

これまで殺してきた抜け忍たちの顔が浮かんだ。みな恨みがましい顔で、「同族殺し」と罵っている。才蔵は伊賀のためだと言いながら、伊賀者を殺して回った。裏切り者だと決めつけ、殺した。

それは、正しいことだったのか。

命令されるままに殺してきたのは、本当に伊賀の抜け忍だったのか。

才蔵を利用するのは簡単だ。仕事さえ与えれば、どんなことでもこなすから。命令に逆らうなどと考えたこともなかった。逆らえば、卑怯な抜け忍と同じ立場に陥ると自分を縛り、そして、考えるのをやめた。だから、優秀な忍びになった。

四方髪の丹波は、神出鬼没だ。才蔵がどこにいようと、必ず見つけ出す。常に監視しているのか、才蔵が抜け忍を始末すればすぐさま現れ、死体の処理を淡々と指示した。石川との争いの最中も、近くに潜んでいたのではないか。

だったら、どうして加勢しないのか。

四方髪の丹波は、完璧な忍びだ。完全に気配を殺し、幽霊のように実在感がない。何度も話をしたのに、その顔を思い浮かべようとすると、どんな顔をしていたのか思い出せない。

四方髪の丹波に、顔はない。

もう疲れた。考えるだけムダだ。任務に失敗した以上、どうせ命はない。

手足に括り付けられた糸は、すっかり腐ってしまった。その糸が切れてしまうと、才蔵の身はピクリとも動かなかった。

「戸沢流などとほざく子猿の所為で、えらい目に遭った」

「香炉が無事で助かりました」

「結局、お前だけが得をしたな」

「なにを言うのです。私はこれでも、石川殿のためにかなりの数の生首をこしらえましたよ。元手だってかかったのです。本当なら小判だって頂かないと帳尻が合いません」

「明日も明後日も生きるつもりなら、お前に報酬を払おうものを」

「そんな生半可な覚悟で、天下人に近づけますか」

「くだらん生き方だ。わしには理解できんよ」

「石川殿の生き方だって、ずいぶん無理がたたっているように見えますよ」

石川五右衛門と望月六郎が交わす意味のない会話が耳に入って、才蔵は目を醒ました。

望月の生真面目さは忍びらしくなく、やはりどこか間が抜けていた。だが、その間抜けにしてやられたのは才蔵のほうだ。あんな男に構わず、さっさと石川の首を刎ねてしまえばよかった。

「真田幸村――」

才蔵は上体を起こし、そう呟いた。望月六郎の顔をどこで見たのか、思い出したのだ。

「あ。気が付きましたか」と望月が言うのは、目が醒めたのかという意味だろうが、才蔵は違う意味に捉えて会話を続けた。

「お前は、真田家にゆかりの者か。いつか見た天下人の大行列に、瓜二つの顔を見た。信濃の大名真田安房守の二男、幸村。都でも知られた男だ」

望月は姿勢を正し、生真面目な態度で答えた。「昨夜も申しました通り、私は甲賀郡杣村の生まれで、その地を治めてきた豪族、望月一族の末裔です。しかし、望月家の遠い先祖、甲賀の里を拓いたと伝わる望月三郎は、信濃で修行した行者だったそうです。忍びの祖先とも呼ばれる望月三郎は、信濃にも子孫を残しました。その裔がいまの真田家と聞いております。という次第ですので、まったくの無縁ではありませんが、血のつながりで言えば、まるきり濃くはありません」

「そうか」と、才蔵は呟いた。途中で興味を失い、望月の言葉がすんなり頭に入ってこなかった。しょせん、どうでもいいことだった。

そこで才蔵は唯一の関心事である、ボサボサ髪に濃い口ひげの盗賊へ向き直ると、棘のある口調で尋ねた。

「なぜ、殺さなかった？」

抜け忍に命を救われるなど、あり得ない話だ。追い忍を救えば、また命を狙いにくる。遂行するまで、忍びの任務は終わらない。才蔵の意志は関係なかった。たとえ相手が命の恩人でも、殺せと命じられれば殺す。たとえ肉親であっても、命じられれば殺すのだ。

懐から暗器が抜き取られていた。

「こそ泥め」と、才蔵は吐き捨てる。

「いま素手で向かってくる気骨があれば、お前は今日まで生きておるまい。改めてわしを襲うならそれもよし。しかし、わしは今日お前を殺す気分ではない」

「気分？」そんな気まぐれで命が救われたと思うと、腹立たしかった。

「のっぺりした、人形のような面だな。お前はいま、怒っているのではないのか？怒っているなら、もっと顔を顰めて、罵声を浴びせたらどうだ？　お前は泣いたり笑ったりすることはないのか？」

「必要が生じれば、泣きも笑いもするだろう」

「必要、か」盗人は呆れたように眉根を寄せた。「笑ったり泣いたり怒ったり、そうした感情を表に出すのに必要があるかどうかを考えるのか？」

「それが忍びだ。お前もそうだったはずだ」

「どうだったかね」

抜け忍がごまかすように視線を逸らした先で、望月六郎が青磁の香炉を磨いていた。伊賀者の事情に立ち入らないよう、気を遣っているようにも見えた。

石川は話を逸らすように、望月が抱える香炉を顎で示した。「あの千鳥香炉は、天下人が所望した唐国の名品だそうだ。近江屋は手に入れるのに、ずいぶん苦労したらしいぞ。相手が秀吉なら、褒美も大きいが、処罰も大きいだろうな」

望月は顔を上げず、熱心に香炉を磨いている。

「六郎は、その秀吉を暗殺するのだそうだ。お前が言った、生き写しの真田幸村になりすまし、千鳥香炉を御前に届ける名目で直に面会して、隙をつくという。香炉に火薬でも仕込んで爆殺するつもりらしいが、そう上手くゆくものでもあるまい。おそらく無駄死にだ」

「天下人を、暗殺——？」

望月が顔を上げ、凜々しい眉をまっすぐ才蔵に向けた。技倆の足りない未熟な忍びでも、覚悟を決めたときのまなざしには油断ならないものがある。

望月は礼儀正しく、頭を垂れた。

「昨夜、あなたを豊臣家の忍びと思い違えたことは、深くお詫びします」

謝罪される覚えはなかったが、望月の迷いのないまなざし、おそらくは迷いのない生き方に引け目を感じ、才蔵はぶっきらぼうに顔を背けた。

石川が才蔵の視線を捕まえる。「誰にでも、他に譲ることのできぬ信念がある。他人がどう言おうと、バカげた行いに映ろうと、当人にとっては避けることのできぬ道だ。好き好んで歩むとは限らんし、そうせざるを得ない事情もあるのだろう。それは、運命なのか？　そこで運命とあきらめ、悟ったような顔をして人生を投げ出し、己自身のために生きることをあきらめるのなら、わしはそれを運命とは呼ばん。己のいない人生に、運命はないのだ。運命とは信念に基づく。信念を失えば、人間など生ける亡霊に過ぎん。亡霊に運命の力が働くものか。己の人生を他者に委ね、世の中に委ね、仕方がないとあきらめて、これは運命だったのだとぼやく。そんなものが運命であるはずがないのだ。それでは当人以外の誰であろうと構わない、単なる歯車に過ぎんではないか。運命とは、当人以外の誰にも訪れることのない特別な生き方のことだ。だからこそ、なにより信念が必要なのだ。これは自分が選び取った道なのだという深い確信がなければ、運命ではない。お前には、信念があるのか？　お前の人生に、お前はおるのか？」

　伊賀のために生きることが俺の信念だと答えようとして、才蔵は躊躇した。

　だから、別の答えを口にする。

「己を捨ててこそ、忍びだ」

　石川はどこか悲しげな表情を浮かべた。

「お前は、百地三太夫に仕える忍びなのだろう。ここ二、三年の間に、伊賀の忍びが次々と殺されているのも、耳にした。すでに滅んだ伊賀のために命懸けで働くお前を笑うまい。だが、お前は、誰から抜け忍殺しを命じられているか、本当に分かっているのか？」

「そんなものは――」

石川は右手を上げて才蔵の反論を制し、「わしのことは調べたのだろう。石川文吾は、百地三太夫に教えを請うた忍びだった。伊賀は家ごとの序列が厳しいゆえ、上忍と直に会える忍びもほとんどおらん。当然、上忍の正体を知る忍びも少ない。伊賀の掟は、上忍を守るためにあったようなものだ」

石川は遠くを見るように小さな目を細めた。

「若い頃はな、わしにも忍術を極めたいという野心があった。だから、百地三太夫から直々に教わることができて、どれほど嬉しかったか。百地三太夫には、秘術があった。滅多に用いることはないと言われた、口寄せの法だ。どんな弟子にも教えなかったその秘術を、わしは学びたかった。結局、教わることはなかったが、秘術を見ることはできた。それが、わしの運命を決めたのだ。口寄せには、神口、仏口、人の口の三種の術があるというが、わしが見たのはそのなかでも最も恐ろしい、神口の術だった」

才蔵には、そんな秘術があることさえ初耳だった。

石川は遠くを見るように目を細め、そして突然、話題を別方向へ向けた。

「あの頃、百地は夜な夜な、別宅に住まわせた妾の許に通っていた。式部という名の、若い娘だった。別宅には誰も近づかせなかったから、屋敷の者たちは、百地が式部に惚れぬいて、他人の目に触れることにも嫉妬するのだと噂した。いったいどれほど美しい娘なのか、わしはどうしても見たくなってな、百地の留守中に別宅へ忍び込んだ。そして、式部を見たのだ」

才蔵がじっと石川を見つめると、彼はボサボサ髪に指を突っ込み、わずかに目を伏せて、一息に言った。

「そこにいたのは、見るも無残な化け物だった」

「化け物?」才蔵は思わず、眉根を寄せた。

「口寄せ法、神口の術。それは人の分を超えた、呪術だった。式部はその術の実験台にされていたのだ。本来、口寄せとは、神仏や霊魂を依り代に下ろす術のはずだ。

巫女の神がかりや狐憑きの類と言えば、分かるか。だが、百地の秘術は次元が違った。百地三太夫は荼枳尼の呪法を修め、その神通力を口寄せに応用した。荼枳尼天とは荒ぶる神で、人間の四肢をもいで魂を喰らうと言われている。飯綱権現や稲荷大明神とも呼ばれる強力な神仏だ。そして、その神通力は、そもそも霊魂を扱う口寄せ忍術と、非常に近しい関係にあった。荼枳尼の呪法を我がものとした百地は、荼枳尼の力そのものを若い女の肉体に埋め込み、人工的に神を作り出そうとしたのだ」

　才蔵は表情を変えずに、石川の顔を見つめ続けた。石川の声が僅かに震えているのが、分かった。

「だが、神仏の力に神ならぬ人間の肉体は耐えきれん。肉体は拒絶反応を起こして、変質する。大抵の場合、依り代は死ぬだろう。それでも構わず、百地は術を掛け続けた。結果、式部の肉体は原型を留めぬほど崩れ、この世のものとは思われぬ、おぞましい物体に変容した。だが、百地が本当に求めたのは、神の力を宿した式部ではなかった。百地は、荼枳尼の神通力への耐性を持つ子を欲したのだ。式部は、身籠っていたのだ」

傍らで望月が息を呑んだが、才蔵は表情を変えない。

「おそらく、百地の子だったのだろう。百地は式部の肉体に荼枳尼天を口寄せし、その胎にいる胎児に耐性を埋め込もうとした。式部はその恐ろしい計画を知り、忍び込んだわしに自分を殺してくれと懇願した。ほとんど口も利けぬほど人の形から遠ざかった女が、表情すら定かでない女が、泣いて頼んだのだ。――だが、わしにはできなかった。式部になんの罪がある？　式部は百地のために連れてこられた、美しい村娘に過ぎん。妾として攫われた村娘が、百地の誇大妄想のために化け物を身籠り、その子を生むためだけに生かされていた。そんな哀れな娘を、殺せなかった。わしは、百地を恨んだ。当代随一の忍術使いと信じて仕えていた己を恨んだ。式部を殺すくらいなら、百地を殺さねばならない。しかし、わしの技倆では百地を殺すこともできん。式部を殺すか、百地を殺すか、どうすればよいのか決断できぬまま、わしは百地の下で修行を続けた。そんな惑いの日々のことだった、戸沢白雲斎が伊賀を訪れたのは――」

「戸沢といいますと」望月が問い返した。

「昨夜、あの小僧が言っていた戸沢白雲斎だ。稀代の忍術使いと名高いが、隠遁してからその姿を見た者すらいなかった。わしは藁をもつかむ思いで白雲斎に会いに行った。そして、百地の悪業のすべてを話した。白雲斎は黙って聞いていたが、わしが語り終えると、『それが伊賀を訪れた目的だ』と答えた。白雲斎はすべて知っていたのだ。わしはようやく救われた思いがした」

そこで石川はかすかに唇を歪め、微笑した。救いとはほど遠い、明らかな憫笑だった。

「夜が更けてから、わしは白雲斎を別宅まで手引きした。人の寄り付かないその屋敷で、白雲斎は百地を襲った。あれほどの忍びは、未だに見たことがない。百地も伊賀の上忍、手だれの者だ。しかも、荼枳尼の呪法を修めたほどの天才だ。しかし、白雲斎はそれ以上だった。わしは手伝えることでもあればと同行したのに、白雲斎はあっさりと百地の首を刎ねて屋敷から出てきた。そして、その首を手にしてさっさと姿を消した。別宅はずっと静かだった。殺し合いがあったなど、近くにいたわしにも信じられなかった。本当に百地が死んだのか不安になり、わしは屋敷に忍び込んだ。疑うまでもないことだ。たしかに、百地は死んでいた。首だけをなくした死体が無造作に転がっていた。白雲斎に迷いなど、まったくないのだ。わしは同じ部屋で、式部の死体を発見した」

望月が生唾を呑んだ音が、言葉の切れ間に響いた。

「白雲斎の非情さを目のあたりにし、わしは自分が忍びに不適格だと、そのとき悟った。伊賀の里にも、忍びにも、もう未練はなかった。手を下したのが白雲斎であれ、上忍殺しの罪はわしのものだ。伊賀には留まれぬ。本宅に戻り、身支度を整えた。そこへ、奥方が起きてこられたのだ。わしは見咎められるのを覚悟し、振り向かなかった。だが、あの人もまた百地の悪業を薄々は察しておられたのだろう。そして、わしが仕出かした大罪も悟られた。ありがたいことに屋敷の金を掻き集めて路銀として下さり、その上、まだ夜も明けきらぬのに、途中まで見送ろうとまで仰った。わしは丁重に断ったが、奥方は身支度に入られた。わしはそのとき、本当に打ち拉がれていた。奥方の好意があまりに嬉しく、甘えてしまったのだ。奥方が身支度を整えておられる間に、屋敷を抜け出せばよかった。そうしなかったから、わしはまたひとつ、罪を重ねてしまった」

「罪、ですか？」と、望月が訝しげに問う。

石川は深く息を吐いた。「奥方は本当に優しい方だった。巷で言われるような仲ではない。わしには、実の息子のように接してくださった。それなのに、わしは著しく疲弊していた。その夜ばかりでなく、初めて式部を目にした夜からほとんど眠れずにいた。村のはずれで奥方と別れると、たちまち緊張の糸が切れて激しい睡魔に襲われた。夜が白むまで少しだけ休もうと、近くにあった幹に凭れて腰を下ろした。眠るつもりはなかったが、うつらうつらし始めた。そんな夜の闇のなかで、自分に向けられた殺意を感じた。早くも露見し、追っ手がついたかと、無我夢中で応戦した。しかし本当は、途中で気付いたのだ。気付いたのに、気付かないフリをして戦った。浅ましいことに、眠かったからだ。凄まじいまでの怒りに顔を歪め、わしを殺すのに命を懸けたその者が、夫の仇を討とうとしている奥方だと知ってしまえば、わしは絶対にその人を殺してはならない、殺さずに逃げねばならなかった。わしは迷って迷って、しかし、そんな迷いはすぐに捨てた。わしは眠かったから、奥方を殺した。殺さずにその場を逃げることもできたのに、自分のために、ただ眠りたいという欲望に負けて、奥方を殺してしまった。わしが忍びでなくなったのは、そのときだ。わしはそのとき、石川文吾の名を捨てたのだ」

石川は話に区切りを付けるように大きく深呼吸をすると、物問いたげな望月には目もくれずに、再び才蔵に目を据えた。

「お前が寝ている間に、左腕の刺青を確認した。その印の型は、忘れようもない。茶枳尼天のものだ。式部の腹に描かれた印とよく似ておる。百地は茶枳尼を口寄せし、お前に神通力を埋めた。だが、合点がゆかぬ。言わずとも、分かっておろう」

石川は才蔵のほうへ身を乗り出し、眼に力をこめた。

「お前、本当に百地三太夫の弟子なのか?」

才蔵は答えなかった。何も考えたくなかった。もしも百地がとっくの昔に死んでいたのなら、才蔵が百地だと思っていたのは誰なのだ。才蔵に今日まで命令を下してきたのは、いったい誰なのだ?

立ち上がると、めまいがした。才蔵は両足を踏ん張って身を支え、よろける足取りを隠すように、丸腰のまま土間へ降りた。息苦しい一間限りのあばら屋から逃げ出すように、そそくさと歩みを進めた。

「待て、伊賀の小僧」引き止めた石川は、しかし、あぐらを掻いたままだ。大儀そうに才蔵のほうへ目だけを向け、「まだお前の名を聞いておらんぞ」

戸に手を掛けた才蔵は、そのまま出てゆくこともできた。だが、横目で石川の顔を睨みつけ、

「百地流、霧隠の才蔵だ」と、名乗った。

「我こそは天下の大泥棒、石川五右衛門でございまさあ」

「知っている」

ぶっきらぼうに答えると、望月六郎がクスクスと笑った。

石川のアジトは、京都の南の伏見野にあった。自称天下の大泥棒には不似合いなあばら屋を後にした才蔵は、一度、定宿に戻って態勢を立て直そうと考えた。

その伏見野の人気のない路端に、四方髪の丹波が立っていた。

「任務の失敗を咎めにきたのか」才蔵が素っ気なく口にする。

「いや」特徴のない平坦な声が答えた。やはり気配がなかった。「石川文吾の抹殺はもういい。お前には、別の任務が用意された」

「その前に、訊いておきたいことがある」

才蔵は脚絆に仕込んでおいた鍼を抜き、四方髪に向かって投げつけた。四方髪は才蔵の手から鍼が離れるより早く左へ回避した。鍼は柿の幹に刺さって、しばらく揺れた。

「なぜ、避ける?」才蔵は四方髪を睨みつける。

「なぜ?」

「あんたには気配がない。まったくない。俺はずっと、あんたほどの気配断ちの名人はいないと尊敬してきた。その気配断ちこそが、神出鬼没の四方髪の術を支える重大な秘密なのだろうと考えた。だが、そうじゃない。あんたは気配を殺しているのではない。あんたは、始めから存在しないんだ」

四方髪の丹波は、首を傾げた。「俺が、存在しない?」

才蔵は迷いを振り切るように、声を荒らげた。「あんたは始めから、俺の頭の中にいる妄想だった！　母を殺そうとしたときに生み出した、俺の妄想だ。四方髪の丹波も、百地三太夫も、吉野での修行も、俺がつじつまを合わせるために編み出した、虚構でしかない。それなのに、俺は勝手に上忍の命令を受けた気になって、伊賀の忍びを見付けるたびに殺してきた。誰も俺に命令なんかしてなかった。俺が勝手に、自分だけが正しい伊賀の忍びだと思い込むために、上忍に命じられたという妄想を抱いて、殺していたんだ！」

「よせよせ、頭がおかしくなるぞ」

「とっくにおかしくなっている！」

荒らげた声も、伏見野を吹き渡る風に溶けてしまうほど心許ない。才蔵はじっと相手を睨みつけ、語のひとつひとつに力をこめて言い放った。

「もしも俺の言うことが間違っているなら、その鍼を抜いてみろ。その鍼で俺を殺してみろ。俺はこの場を動かない。殺せるものなら、殺してみろ」

四方髪の丹波は呆れたように首を傾げたが、才蔵の望む通りに幹に刺さった鍼を抜こうと手を伸ばした。

その手は鍼を掴めず、すり抜けた。幽霊のように物体と干渉しなかった。

才蔵は深く息を吐き、それから、きつく拳を握りしめた。

四方髪は何事もなかったように腕を組み、確認するように言った。

「つまり、お前は伊賀と決別したいと言うのか」

「俺の弱さが、お前たちを生んだ。伊賀は滅んでいないと信じたかったから。生きる目的が欲しかったから。……だが、なんのために？　親父までこの手で殺した俺が帰るべき伊賀はどこにある？　もうたくさんなんだ。これ以上、自分を偽りたくない。だから、頼むから」才蔵は涙をこらえながら、必死になって声をしぼり出す。

「頼むから、もう消えてくれ」

才蔵は路傍の石を拾うと、力任せに投げつけた。

今度は、四方髪の丹波も避けなかった。なんでもない小石は四方髪の身体をすり抜け、その背後の柿の木に、こつん、とむなしい音を立てて当たった。

気が付くと、四方髪の丹波はいなかった。これで命令を下す者はいなくなった。

それが悲しいことであるかのように、才蔵の涙は止まらなかった。

「――才蔵」

異様な気配を感じて振り返ったとき、突然、伸びてきた手に喉輪を掴まれた。

顎が上がって息が詰まった。涙にかすむ才蔵の眼に、ひとりの忍びが映り込んでいる。よく知っているようで、まるで知らない、そんな忍びだった。

ますます、きつく首を締められた。恐ろしい力が才蔵の身を軽々と持ち上げた。爪先が宙に浮いたとき、才蔵は喉輪を締め上げるその手を両手で掴んでいる自分に気付き、ようやくこれは現実だと理解した。

「……四方髪」

「抜け忍狩りは終わりだ。お前に、新しい任務を与える」

四方髪の丹波は、淡々と、当たり前のように告げる。

「……どうして？」才蔵は声をしぼり出した。なんとかいまの状況と自分自身との折り合いをつけようとして、意識の霧に迷い込む。

「真田幸村に仕官しろ。今後は内通者として、真田家に潜り込むのだ」

「真田……?」

考えが回らなかった。脳への血流が阻害されている所為だ。

「いま、百地様はたいへん機嫌がおよろしい。だから、お前が抱いたバカげた疑いも、笑ってお許しになるだろう。今後も百地様の手足として存分に働くがいい。伊賀は、新たな道を歩み始めるのだ」

四方髪が手を離すと才蔵は墜落し、尻餅をついた。顔を上げると、すでに四方髪の姿がぼやけ始めていた。

「待て。なぜ、任務が変わった!」

青田が風になびいている。伏見野のさびれた景色のなか、再び見えなくなってゆく伝令役の冷たい声だけが耳に残った。

「――戸沢白雲斎が死んだのだ」

松尾清貴（まつお・きよたか）

1976年福岡県生まれ。国立北九州工業高等専門学校中退後、ニューヨークに在住。帰国後、国内外を転々としながら小説を執筆。著書に『エルメスの手』『あやかしの小瓶』「偏差値70の野球部」シリーズなどがある。

真田十勇士㊀

忍術使い

2015年11月初版
2015年11月第1刷発行

著　者　松尾清貴
発行者　齋藤廣達
発行所　株式会社 理論社
〒103-0001　東京都中央区日本橋小伝馬町9-10
電話　営業 03-6264-8890
　　　編集 03-6264-8891
URL http://www.rironsha.com

イラストレーション……D-SUZUKI（鈴木康士）
デザイン……TYPEFACE（AD:渡邊民人　D:小林麻実）
組版…………アジュール
印刷・製本…中央精版印刷
編集…………小宮山民人

ISBN978-4-652-20132-9　NDC913　四六判　19cm　196P

三国志

小前亮・文
中山けーしょー・画

全十巻

◆一 **桃園の誓い**
劉備、関羽、張飛は桃花の下、義兄弟の契りを交わす。

◆二 **天上の舞姫**
曹操は劉備を自軍に迎え、呂布との壮絶な戦いに挑む。

◆三 **関羽千里行**
反旗をひるがえした劉備に、曹操の大軍が襲いかかる。

◆四 **伏竜の飛翔**
劉備は、三顧の礼をへて、名高い軍師、諸葛亮を得る。

◆五 **赤壁の戦い**
孫権、劉備の同盟軍は、曹操軍との激闘を繰り広げる。

◆六 **決意の入蜀**
劉備は、天下三分の計の実現をめざして、蜀へ向かう。

◆七 **五虎大将軍**
劉備は漢王朝復興のために、打倒曹操の旗をかかげる。

◆八 **復讐の東征**
二人の義兄弟に先立たれた劉備は、復讐の戦いを誓う。

◆九 **秋風五丈原**
劉備の志を継ぐ諸葛亮のまえに、姜維が立ちはだかる。

◆十 **見果てぬ夢**
窮地を脱した姜維が、蜀の再起をかけて最終戦に挑む。